捨てられ男爵令嬢は
黒騎士様のお気に入り5

水野沙彰

illustration 宵 マチ

ICHIJINSHA IRIS NEO

CONTENTS

この作品はフィクションです。
実際の人物・団体・事件などには関係ありません。

捨てられ男爵令嬢は黒騎士様のお気に入り5

1章　令嬢と黒騎士様は困惑する

　フォルスター侯爵邸の庭園で、ソフィアはショベルで掘った穴にノースポールの株を立てて置いた。そっと左手で支えながら、右手で優しく土をかけていく。最後に土を軽く押し固めると、花壇の穴が一つなくなり、まだ小さい緑色の葉が飛び出していた。

　ギルバートも同じように株を穴に置いて、土を掬《すく》ってかけていく。

「なんだかどきどきしますね。ギルバート様はやったことありましたか？」

「初めてだ。……ソフィアと出会うまで、花に目を向けることはあまりなかった」

　ソフィアとギルバートの手元を、フォルスター侯爵家の庭師であるホルストが確認している。

　先日、ソフィアがギルバートと共に花を植えたいとホルストに相談すると、ホルストは想像以上に嬉《うれ》しそうに頷《うなず》いてくれた。花の種類を相談して、株を注文して。わくわくしながら迎えたギルバートの休日である今日、ようやく実際に植え付けをすることができている。

「ああ、旦那様。そんなに強く押したら駄目ですぞ」

　ホルストが、ぐっと両手で土を固めたギルバートに声をかけた。

「あ、ああ。そうか」

「もう少し優しく……あまり力を入れないくらいが丁度良いのですよ」

　ギルバートが植えた株の根元を確認して、少しずつ土を掘り起こしていく。

　ソフィアはその慣れない手つきに微笑《ほほえ》んだ。何でも知っていて何でもできると思っていたギルバートにも、ソフィアより苦手なものがあるようだ。

土の冷たさが心地良く、ゆったりと穏やかに過ぎていく時間にソフィアは幸せを感じる。

「もう一度やってみよう」

ギルバートが掘り出した株にもう一度、今度は優しく土を被《かぶ》せた。そっと地面を押して、ふんわりと固める。

ホルストから合格を貰《もら》い、ソフィアとギルバートは、今度こそ上手《うま》くいったと視線を交わして笑い合った。

幼い頃に両親を亡くし、叔父と叔母に引き取られていたソフィアが、生まれ育ったレーニシュ男爵家をトランク一つで追い出されてから、丸一年が経《た》った。

生まれながらに皆が魔力を持ち、魔道具を使用して生活しているこの国で、ソフィアは生まれつき魔力を一切持っていなかった。

魔道具は魔力がなければ使用できない。

アンティーク調度とも旧道具とも呼ばれる前時代の道具しか使えない者にできる仕事など、世間知らずで引き篭《こ》もりがちだったソフィアには全く心当たりがなかった。

このままどこかで行き倒れになってしまうかと思っていたところ、偶然出会ったアイオリア王国の王太子であるマティアスの取り計らいで、ソフィアはフォルスター侯爵であり近衛騎士団第二小隊副隊長兼魔法騎士でもあるギルバートに拾われ、その邸《やしき》で世話になることになった。

最初は邸の使用人として働いていたソフィアだったが、ギルバートと共に過ごすうちに、抱える苦悩と温かい優しさを知り、恋に落ちた。

そして、社交界デビューを果たした夜会でギルバートから愛の言葉を告げられたのだ。

ギルバート達の手によって叔父が犯した罪が明らかになり、悪政に苦しめられていたレーニシュ男爵領を立て直すために男爵位を継いだソフィアは、春にギルバートと共にフォルスター侯爵領でささやかな結婚式を挙げ、秋に行われる結婚披露の夜会の準備に追われていた。

そんなとき、長い間紛争が絶えなかった隣国エラトスとの戦いが落ち着いたこともあり、ギルバートがソフィアを新婚旅行に誘った。旅行先はアウレ島という、国内有数のリゾート地だ。

親しくしてくれている王太子妃エミーリアの領地であることもあり、ソフィアは旅行を楽しんでいた。

しかしそこに、突如七頭の竜が現れた。ギルバートは単身無茶をしながらもアウレ島を守り、到着した近衛騎士団の魔法騎士達と協力して竜を討伐した。

そんな中でも、偶然旅先で出会ったフォルスター侯爵家の分家筋のリリア・ジェレ子爵夫人と友人になることができたことと、竜との戦いの途中でギルバートが保護したスフィという子猫が新しい家族になったことは、ソフィアにとって嬉しい出会いだった。

社交シーズンのはじめに無事結婚披露の夜会を成功させたソフィアは、家政の実務を行うようになったばかりではなく、これまで苦手意識を抱いていた社交の場にも少しずつ馴染《なじ》もうとしている。

『私の妻としてならば、こうして側《そば》にいてくれれば充分だ』

ギルバートが言ってくれた言葉を支えに、ソフィアは少しずつ前に進んでいた。

新婚旅行から帰ってきて以来、ギルバートはずっと忙しそうにしていた。旅行中にゆっくりと過ごすことができた時間が嘘《うそ》のように、帰宅も遅くなっていた。

以前長く家を空けたときと同様に、留守中の仕事が溜《た》まっているのかと思っていたが、先日届いたエミーリアからの手紙によると、マティアスもこれまで以上に忙しくしているらしい。きっとギルバートと二人で何かやってるのよ、と半分呆《あき》れたような言葉で書いてあった。

そんな状況だったのだが、王都のタウンハウスに戻ってきて二週間が経ち、ようやくギルバートも休暇を取る気になったらしい。

食事中にどこか行きたいところはあるかと聞かれたソフィアは、家でゆっくりしようと答えた。疲れているであろうギルバートに、少しでも休息を取ってほしかったのだ。

遠慮はするなと言うギルバートと、少しでも休んでほしいソフィア。

話し合いは平行線を辿《たど》るかと思われたが、ソフィアが窓の外で月に照らされている四阿《あずまや》を見つけたことで解決した。

ギルバートが初めてソフィアに思いを告げてくれた王城の庭園にある四阿。囲むようにして咲いていたノースポールの花。

それを今年はこの邸で再現してみようと、ソフィアはギルバートと話し合った。

「──本当に、これで良かったのか？」

ギルバートがソフィアに問いかける。

「勿論《もちろん》です。私が、お庭に花を植えたいと言ったのですから」

ギルバートには、タウンハウスの庭園にあった四阿に良い思い出がない。だから、今ある四阿自体は別のものだが、この邸の中に楽しい記憶を増やしたかった。そうすることで、これまで以上にこの場所を自分の家だと、帰る場所だと思ってもらえたら嬉しいと思う。

ギルバートが新しい株を手に取った。今度はギルバートも覚えたようで、優しく土をかけて口角を僅かに上げる。

秋が深まって冷たくなった風が、ソフィアの髪を靡《なび》かせた。

「こんな時間も良いものだな」

「ええ、本当に」

しみじみと言うギルバートに、ソフィアは満面の笑みで頷く。

外出をするのも良いが、こうして心置きなく庭園で喋《しゃべ》りながら作業をするというのも悪くない。他人の目も噂《うわさ》話もない静かでゆっくりと流れる時間とは、なんて心が穏やかになるものだろう。

「そういえば、来週にはここで茶会をするのだったな。必要なことがあれば言ってくれて構わない」

ギルバートが言っているのは、来週このフォルスター侯爵邸でソフィアが主催する茶会のことだ。侯爵夫人としてソフィアが初めて開く茶会だ。同じ派閥の令嬢と夫人ばかりを呼んでいる比較的気楽な会だが、緊張しないわけではない。

「ありがとうございます。大丈夫、だと思います」

「私は仕事だが、邸には使用人の皆がいる。一人では大変だろう。何かあれば頼ると良い」

ギルバートは、ソフィアのことを心配してくれている。ソフィアがここ最近茶会の支度に時間を取られていることを知っているのだろう。

「はい。でも、大変ですけど、楽しみなのです。……リリア様にもお会いできますから」

ソフィアが言うと、ギルバートは頷いてソフィアの頭を撫《な》でようと右手を持ち上げた。しかしその手に土が付いていたことに気が付いたようで、大きな手はソフィアに触れる前に下ろされる。

撫でられたかったと思った自分を自覚して、ソフィアは染まる頬を誤魔化すように次の株を手に取った。

そのとき、しゃがんで作業をしていたソフィアの足元に柔らかなものがするりと触れた。視線を落としてみると、ふわふわの薄茶色の子猫がソフィアの横でみゃあと鳴く。

「スフィ、出てきちゃったの？」

深緑色の瞳はいたずらっぽく細められている。

邸の中にいたはずだが、ソフィアとギルバートを探して抜け出てきてしまったのだろう。

フォルスター侯爵邸の塀には結界があり、スフィが勝手に出て行くことはできないようになっているため、庭にいても問題はない。とはいえ、今日はソフィアとギルバートが庭で作業をするからと、サラにスフィを見ていてもらうように頼んでいた。

きっと今頃、慌ててスフィを探しているだろう。

「サラが心配するでしょう」

「みゃーん」

「もう……」

ソフィアが苦笑すると、スフィは花壇に入っていって、株を植える予定の穴を埋め始めた。器用に埋めていくものだから、思わずソフィアはスフィを見つめてしまう。

「みゃあ」

完全に穴を一つ埋めて、得意げにも見えるスフィがソフィアに向き直る。

ソフィアの膝にぽん、と前脚が置かれ、着ていた芥子《からし》色のワンピースにしっかりとスフィの足跡が付いた。庭で作業をするからと、洗濯の楽な服にしてもらっていて良かった。

「まあ」

「……スフィ、何をしている？」

「みゃー」

ギルバートの問いにも、満足げな顔をしたスフィはお構いなしだ。

スフィが別の穴を埋めようとしたところで、ソフィアはスフィの両脇に手を差し入れて抱き上げた。胸元に抱えて、右手で軽く頭を撫でる。

「サラが心配していると思うので、中に連れて行ってきますね」

ソフィアは踵《きびす》を返して、駆け足でその場を離れる。

その後ろ姿を追うギルバートの瞳が、幸福な光景を焼き付けようとするかのように緩く細められた。


それから一週間後、ソフィアはフォルスター侯爵邸で十五人ほどの貴族令嬢と夫人達を招いて、茶会を開いていた。

先代侯爵の時代から仲の良い家の若い夫人だけを招いていることもあり、ソフィアが初めて主催する茶会は困ったこともなく和やかに進行していた。

暖かな日が差し込むサロンでは、あちこちで女性達の会話に花が咲いている。

「こんなに素敵なお茶会に呼んでいただいて、嬉しいですわ」

リリアが笑う。

「私こそ、いらしていただいて嬉しいです」

ソフィアはリリアに微笑んで、そっとティーカップに手を添えた。傾けて口元を隠しながら、テーブルの上の食器を確認する。特に問題がないことに安心し、目を閉じて紅茶の香りを楽しんだ。

「このサロンも、とても素敵です。それにお庭も……この季節は寂しくなってしまいがちですのに、とても綺麗《きれい》で驚きました」

ソフィアはフォルスター侯爵邸の庭園に視線を移した。

窓の外には、寒さに強い花が植えられている。花と葉を落としてしまった草木の分まで、季節の草花が色鮮やかに咲いていた。この配置はきっとホルストの腕だろう。

「ありがとうございます。この季節でも楽しめる花を選んでくれているのです」

秋も終わりに差しかかると、どうしても庭園は寂しくなりがちだ。この庭はホルストが丁寧に手入れをし、季節によって花を植え替えてくれるお陰で、華やかさを保っている。

「あら、でもあの辺りは——？」

リリアが目を止めたのは、庭園の少し奥にある四阿の周辺だ。

そこだけぽっかりと花が無く、植えられたばかりのまだ小さな緑がはっきりと見えている。常に花の盛りであるというように整えられている庭園だからこそ、気になるのは当然のことだった。

ちょうどその場所は、先週ソフィアとギルバートがノースポールの株を植えた場所だ。

ソフィアは自分の頬が熱くなっているのを感じながら、目を伏せた。

「いいえ。その……あの場所では、夫と花を育てておりまして……」

話が聞こえていた人達は、黒騎士として恐れられているギルバートがソフィアと共に庭いじりをしている姿を想像して、不思議な顔をする。

そんな中、隣に座っていたリリアが楽しげに口角を上げた。

「ソフィア様ったら、本当にギルバート様と仲が良くていらっしゃるのね。素敵ですわ」

頬を染めたソフィアを見て、リリアが揶揄《からか》うように言う。

ソフィアはふと、別の夜会で聞いたリリアの噂を思い出した。

「リリア様だって、ジェレ子爵家の夫婦仲がとても良いようだと噂になっておりましたよ」

今シーズンの社交界では、これまで険悪な様子だったジェレ子爵夫妻がとても親密に振る舞っていることに誰もが驚いていた。リリアは気が強そうに見えるが、まだ若く美しい。気にしている者も多かったようだ。

リリアが扇を広げて顔の下半分を隠す。

「まあ、嫌だ。恥ずかしいですわ……！」

若い夫人同士の揶揄い合いを聞いた者達は、皆微笑ましげな表情をしている。ソフィアは話題を逸《そ》らしてくれたリリアに感謝し、誤魔化すようにまた一口紅茶を飲んだ。

そのとき、テーブルの端の方の会話が耳に留まった。

「――それで、殿下が……」

殿下といえば、今話題に上りやすいのはマティアスのことである。ソフィアの恩人で、ギルバートのパブリックスクールからの友人でもあるこの国の王太子だ。

ソフィアは窓の外で遊んでいるスフィを見ながら、会話に耳を傾けた。

「それでは、パトリツィア様を殿下のお側に？」

「ええ。夫から聞いた話ですが、公爵は諦められないでしょうって……エミーリア様が悩んでいらっしゃらなければ良いのだけれど」

パトリツィアは、エルツベルガー公爵家の長女だ。

エルツベルガー公爵家は数代前の王弟が臣籍降下してできた家だった。かつて二人の優秀な王子に期待した貴族達がそれぞれの勢力に分かれて勝手に争い、心を痛めた王弟が臣籍降下して公爵となったことが始まりだったはずだ。

王族が興した家であっても――だからこそ、時が経ち、今ではかつてのような勢いはない。

フォルスター侯爵家とは政治的にも派閥が異なることもあり、表立って交流することはないらしい。ハンスからは、公爵は権力志向が強いため、関わることがあれば注意するようにと言われている。

ソフィアとギルバートの結婚披露の夜会にも、エルツベルガー公爵家の人間は呼んでいなかった。パトリツィアとは直接の面識はないが、王城の夜会で見かけたときの印象では、華やかな美人だったと思う。

内容は気になるが、まさかここでソフィアが突然会話に割り込むわけにもいかない。

ソフィアは詳しく聞きたい気持ちを堪《こら》え、会話を頭の中にメモしていた。

◇◇◇

その日、マティアスの執務室は普段以上に殺伐としていた。

ギルバート達が新婚旅行で訪れたアウレ島に現れた七頭の竜。通常は群れるはずがない竜が、何故《なぜ》か群れとしてまっすぐにアウレ島に飛んできた。

そして、ギルバートがそれを討伐するときに目撃した足の裏に刻まれた番号は、国営の魔獣研究所で管理している魔獣が刻まれるものに酷似していた。

その二つの状況から何者かが裏で糸を引いていると考えたマティアスは、内密に第二小隊を使って調査を進めている。特にギルバートは、旅行を邪魔されソフィアを泣かせる原因となった犯人を追い詰めようと、空いている時間全てを調査に割いてくれていた。

しかし、マティアスとギルバート達が動いていることを貴族達に悟られるわけにはいかない。そのため、普段の執務を少しでも滞らせることはできなかった。

最愛の妻エミーリアと、大切な友人であるフォルスター侯爵夫妻の平穏のため。そして、このアイオリア王国のため。

使える人材と時間を全て使って、マティアスは執務に打ち込んでいた。

次から次へと報告に来る官吏達と、応対に時間を取られ増えていく書類とメモの山。ついにマティアスは、数日前から当面の間は全て書面で報告するようにと言った。確認をしたら処分するため、体裁を気にせず、用件を簡潔に書いて提出するようにと官吏達に指示したのだ。

その結果応対によって削られる無駄な時間は激減したが、代わりに余計に書類仕事に追い詰められるようになっていった。

護衛が入れ替わりのついでに書類を持って出て行った。

この後はギルバートが担当のはずだ。話を進めるため、少しでも早くこの書類を片付けなければ。

マティアスは溜息《ためいき》を吐《つ》く時間すら惜しむように机上の書類と睨《にら》み合い、書類を持ってくる者達に機械的に挨拶を返していた。

最近、エミーリアとゆっくり会話をする時間が取れていない。今日こそはどうにかエミーリアが起きている時間に私室に戻りたくて、必死だった。

それでも空気を読まずに執務室に直接会話をしにやってくる貴族はいる。しかも、そういう者に限って、書面で問題のない案件ばかりだ。本当に急ぎの者ほど、きちんと書いて持ってくる。

「私、――しました」

「……」

「今二か月だそうです」

「……」

「……聞いていますか？」

まともに聞くのも面倒で、話は聞き流していた。

今日の来訪者はこれで五人目だ。書面にしろと言っているのに、どうして彼等は言う通りにしてくれないのか。

マティアスはペンを動かしながら、顔を上げずに口を開いた。

「急ぎの案件も含め、今は全ての事柄を書面で報告するようにと通達しているだろう。例外はないから、後で書いて持ってくるように」

いっそ厳しく対応すれば、これに懲りて言うことを聞いてくれやしないか、と考えてのことだった。

「分かりました。もう良いです」

諦めた来訪者は、それ以上何も言わずに帰っていった。

静まりかえった執務室に、扉の音が響く。随分怒っている様子だった。

ようやく顔を上げたマティアスは、扉を見つめながら今の来訪者が誰だったのだろうと考えた。

「誰だったのか……」

顔も声も、全く意識していなかった。

マティアスは首を傾《かし》げたが、手を止めている間が惜しくて、すぐに机の上の書類の確認を再開する。

それから少しして、執務室の扉が外から規則正しいリズムで三回叩《たた》かれた。聞き慣れたギルバートの叩き方で、マティアスは待っていたと入室の許可を出す。

「失礼いたします。殿下、妃殿下と何かありましたか？」

「エミーリアと？　いや、何もないが……」

「先程、廊下ですれ違いました。執務室にいらっしゃったのですか？」

もしかして、さっきの来訪者がエミーリアだったのだろうか。

何も聞いていなかった。前の来訪者四人がどうでもいい話しかしていなかったため、意図的に聞かないようにしていた。

思い出そうとしても、何を言っていたのか分からない。

勢い良く閉じられた扉の音ばかりが印象に残っていた。

ギルバートが眉間に皺《しわ》を寄せる。

「随分お怒りのご様子でしたが――」

マティアスは椅子を鳴らして立ち上がり、焦りで足を縺《もつ》れさせながら執務室を出た。

◇　◇　◇

ソフィアはアンドロシュ伯爵夫人主催の女性だけの茶会に招待され、単身で出席していた。

アンドロシュ伯爵家は現国王に忠誠を誓う歴史ある家だ。現在の当主夫妻には四人の息子がいて、皆優秀なことで有名だった。

長男には領民達から慕われるカリスマ性があり、新しい政策を考え実行に移す力がある。次男はパブリックスクールを首席で卒業し、その能力を長男の補佐のために惜しげなく使っている。三男には生まれつき魔法の希有《けう》な才能があり、研究分野に進んで画期的な論文を発表した。

そして四男は、パブリックスクール卒業後すぐに近衛騎士団の入団試験に次席合格して国王直属の特務部隊に配属され、若くして隊長代理の地位に就いている。

そんなアンドロシュ伯爵家の茶会は、邸の温室で行われていた。

植物の品種改良に熱心な伯爵夫人が栽培に成功した、新種の薔薇《ばら》の披露の場でもある。

アンドロシュ伯爵家とフォルスター侯爵家はこれまで親しく付き合いをしてこなかったため、今回の茶会にソフィアが呼ばれた理由も最初は分からなかった。しかし招待状の後を追いかけるように届けられた手紙を読んで、ソフィアは今回の招待の理由を理解した。

アンドロシュ伯爵家は、以前ソフィアも関わった特務部隊のフェヒトの実家なのだ。

花を邪魔しないようにと落ち着いた緑色のドレスを着たソフィアは、アンドロシュ伯爵夫人を見つけて挨拶をした。

「本日はお招きいただきまして、ありがとうございます」

「いいえ。こちらこそ、突然お呼びしてしまって。息子の口から、奥様と侯爵様のお名前が出たことがありまして――」

ソフィアはアンドロシュ伯爵夫人の言葉につい身を硬くする。

ソフィアがフェヒトと関わった事件とは、叔父である先代レーニシュ男爵が領民を苦しめていたというものだ。社交界ではソフィアとギルバートの恋の美談として語られているらしいが、その事件はソフィアがかつて逃げていた証《あかし》でもある。

アンドロシュ伯爵夫人は表情を強張らせたソフィアが緊張していると思ったのか、安心させるように微笑みを深くした。

「ああ、いいえ。事情は噂程度にしか存じておりませんわ。ただ、フェヒトは侯爵様のことを意識していたようでしたから……ご迷惑をおかけしていたら謝罪させていただきたいと思いましたの」

「いいえ！　私の方こそ、フェヒト様にはお世話になりました……」

最初の頃は灰色の騎士服と作られた冷たい笑みを恐ろしく感じていたが、事件を通してソフィアはフェヒトにたくさん助けられた。対立していたギルバートとも、協力するようになっていたと思う。

ソフィアは懐かしい事件を思い出し、僅かに目を伏せた。

「それでしたら、どうかお礼を言わせてくださいませ。難しいところがある子ですが、その頃から、少し雰囲気が柔らかくなりましたの。きっと、何か良い影響を受けたのだと思います」

驚いて視線を上げたソフィアは、その先にあった温かい瞳にはっとする。

アンドロシュ伯爵夫人は、フェヒトの親として、ソフィアに礼を言おうと呼んだのかもしれない。

そして今は、ソフィアのことも気遣ってくれている。

レーニシュ男爵家の事件は有名で、貴族に知らない人はいない。それなのに、初対面でそれに言及しない優しさが、ソフィアにはとてもありがたかった。

ソフィアは背筋を伸ばして微笑んだ。

もうあの頃の自分ではない。ソフィアはギルバートの妻として、フォルスター侯爵夫人として、前を見て生きていくと決めたのだ。

「奥様がそう仰《おっしゃ》っていらしたこと、夫にも伝えます。……改めて、今日はご招待いただき、ありがとうございます。素敵な温室を楽しませていただきますね」

「ええ。今日は女性ばかりですし、気楽に楽しんでくださいませ」

ソフィアは一礼して伯爵夫人から離れた。

今日はリリアも招待されていると聞いている。会場で合流しようと話していたが、温室は広く、招待客も多かった。これではなかなか見つからなさそうだ。

ソフィアは適当な席で数人の令嬢と会話をしながら紅茶を楽しんだ後、薔薇の花を見に行くことにした。

早速席を立ってみたが、薔薇の鉢の周囲には多くの人が集まっている。侯爵家の自分が入っていったら、今夢中で花を見ている人達に遠慮をさせてしまうかもしれなかった。

ソフィアは迷ったが、近くの使用人に庭園を散策する許可を貰い、ストールを持って外に出ることにした。念のため、ソフィアの行方を聞く者がいたら庭園に行ったと伝えるように頼むことも忘れない。

探し人が見つからないときに、使用人に聞いてみるというのは、皆がよく使う手らしい。きっとリリアもそうしてソフィアを探してくれるだろう。

ソフィアは温室から出て、盛りの花が少ない中庭に移動した。

秋の花も間もなく終わりだ。少し寂しくなってきている庭園で、それでも咲き残っている花々を見て、ソフィアは小さく口角を上げる。

フェヒトの実家だからこそやってきたが、会場にソフィアが気軽に親しくしたら問題がある家の人がいないわけではない。フォルスター侯爵夫人だからと、主催のアンドロシュ伯爵夫人よりも目立ってしまうのも嫌だった。

温室の中よりもずっと風は冷たいが、それでもここは呼吸がしやすい。

ソフィアは清涼な空気をいっぱいに吸い込んだ。

そのとき、目の前の花に斜め後ろから影が差す。

「――貴女《あなた》、フォルスター侯爵夫人ソフィア様でいらっしゃるわね？」

自分しかいないと気を緩めていたソフィアは、凛《りん》とした声で呼びかけられて慌てて振り返った。それでも焦った姿を見せるわけにはいかないと、動作が急いでしまいそうになるのをぐっと堪える。

許可を得てここにいるのだから、叱られはしないだろう。人気《ひとけ》は少ないが見える範囲に警備の者もいるのだから、過剰に怖がる必要もない。

ソフィアは口元に微笑みを浮かべて口を開く。

「ごきげんよう。ええ、こちらの茶会に招待されまして、少し庭園を見せていただいておりました」

膝を折って挨拶をして、顔を上げたソフィアはそこにいた女性に目を見張った。

艶《あで》やかな金色の長い髪と、翠《みどり》色の瞳。毛先までよく手入れされた巻き髪は、それが美しく見えることを知っていて、束ねられずに背中に流されている。

「ごきげんよう、ソフィア様。私のことは知っていて？」

「存じております。こうしてお話しさせていただくのは初めてでございますが……」

語尾を濁したのは、相手の家の方が家格が上だからだ。

ソフィアのすぐ側で周囲を気にしながら立っているのは、エルツベルガー公爵家の長女、パトリツィアだった。温室の中では見かけなかったから、パトリツィアも早いうちに温室から出てきていたのかもしれない。

「そうよね。貴女が一人でこのような場に出席するのは珍しいもの。まさか王城の舞踏会で声をかけるわけにもいかないから、調べて、ようやくこの茶会を見つけたのよ。夫人が快く招待状をくれて助かったわ」

パトリツィアの話によると、わざわざソフィアが出席する社交の場を調べて、会って話をするためだけにアンドロシュ伯爵夫人に招待状を手配してもらったということになる。

「どうしてそこまでして……？」

「伝言を頼みたいのよ。私が直接エミーリア様と話すわけにもいかないし、殿下は私のことを避けていらっしゃるから仕方がなかったの。貴女なら、侯爵様を通してお二人に伝えられるでしょう？」

確かに、もしパトリツィアがエミーリアやマティアスに伝言があるのならば、ソフィア以上に適任はいないだろう。

ソフィアは頷いて、同時に強い疑問を抱いた。

アンドロシュ伯爵邸にやってくるほど火急で、かつ内密にしなければならない話など、ソフィアには思い当たらない。

「それは仰る通りですけれど……どのようなご用事でしょうか？」

パトリツィアはソフィアの問いに一瞬表情を硬くした。その変化は、それまで令嬢らしい高貴な雰囲気を纏《まと》っていたからこそ、違和感が際立って見える。

「そ、それは——」

言い淀《よど》んだパトリツィアは、次の瞬間には覚悟を決めた顔でソフィアに顔を近付けた。

「——貴女から、伝えてほしいのですわ。どうか、しばらくの間エミーリア様の身辺に気を付けてくださるように、と」

「それって——……」

ソフィアは息を呑《の》んだ。

パトリツィアのその言葉は、口にしただけでも問題がある内容だ。受け取り方によっては、王太子妃であるエミーリアへの脅迫とも取られてしまうだろう。

もしもパトリツィアの父であるエルツベルガー公爵が何らかの企てをしている可能性があって伝えてくれているとしても、それは成功した方がパトリツィアにとっても都合が良いはずだ。こうしてソフィアを通してまでして、マティアスとエミーリアに伝える必要はパトリツィアにはない。

「よろしいかしら？　どうか、確実に伝えてくださいませ」

パトリツィアはそう言い残して、別れの挨拶をする間もなく、早足でソフィアから離れていった。

その後ろ姿が小さくなっていくのをぼんやりと見つめていたソフィアは、こちらに近付いてくる足音が聞こえて気を引き締めた。

どんなに驚いていたとしても、ここは社交の場。ソフィアが動揺していることを相手に悟らせるわ

けにはいかない。

ソフィアは顔に社交中の貴族夫人らしい控えめな微笑みを貼り付けて、足音の方に顔を向けた。

そこにいたのは、アンドロシュ伯爵夫人の四男であるフェヒトだった。

眼鏡越しの瞳は相変わらず冷たく見えるが、初対面の頃よりもずっと穏やかな印象なのは、ソフィアが今フェヒトから警戒されていないからだろう。

その小さな変化は、ソフィア自身によるものでもあるのだろうと思った。

「ソフィア嬢、こんにちは。今話していたのは……いいえ、何でもありません。この邸にいるということは、母の茶会にでも招待されましたか」

ソフィアは軽く膝を折った。

「ごきげんよう、フェヒト様。今日は、伯爵夫人から薔薇の鑑賞会にお呼びいただいて、お邪魔しております」

フェヒトはソフィアから少し距離を取って立ち止まると、自然な所作で優雅に挨拶の礼を返した。

「そう畏《かしこ》まることはありません。それで、ここで何をしているのです？」

「……薔薇はもう少し後にしようと思いまして」

薔薇の周りに人が多かったからなどと素直に言っては、主催者の心証も悪くなってしまう。あくまでソフィアの判断として場を離れたのだと、言外で主張する。

しかしフェヒトはあえてぼかしたソフィアの遠慮など気付いていないようだ。

「遠慮せずとも、侯爵夫人が行けば皆が場を開けて――ああ、それが嫌だったのですか」

「申し訳ございません……」

本当はそんな気遣いをしたのだということを、主催者家族に知られてはいけないのだ。

フェヒトが、仕方がないというように肩を落とす。

「謝らせたいわけではありません。ただ、貴女らしいことだと思っただけですよ」

フェヒトはそれきり口を噤《つぐ》んでしまった。

ソフィアは気まずい沈黙を誤魔化すように、話題を探す。しかし元々話し上手な方でもないソフィアに、二人きりでほとんど話したことがないフェヒトとの共通の話題など簡単には見つけられない。

どうしよう、と視線を彷徨《さまよ》わせていると、ちょうど温室の方から女性の人影がこちらに歩いてくるのを見つけた。

ここに来る前にソフィアが探していたリリアだ。

「あ、リリア様」

ソフィアの視線の先を追ったフェヒトも、リリアの姿を見つけたらしい。安心したように小さく嘆息して、フェヒトがソフィアに視線を戻す。

「待ち合わせでしたか。では私はこれで」

「いいえ。一緒にいてくださって、ありがとうございました」

きっとフェヒトは、ソフィアが一人きりで庭園にいるのを見かけて、話し相手になろうとしてくれたのだろう。

「別にそういうことでは……いえ、何でもありません。失礼します」

最初こそ何かを言い返そうとしていたらしいフェヒトだが、言葉にすることなくその場を離れていった。今日のフェヒトは言い淀んでばかりだ。

ソフィアはフェヒトの背中を見送って、リリアに笑顔を向けた。


その後、リリアと共に温室に戻って薔薇の花を観賞しつつ社交をこなしたソフィアは、フォルスター侯爵家の馬車に乗って家に帰った。

門をくぐり、邸の玄関前に馬車を停めてもらう。

ソフィアが御者に礼を言って降りると、玄関横に見慣れない馬車が停まっているのを見つけた。王家の紋章入りの簡素な意匠の馬車は、王城の使用人や官吏が使うものだ。

ソフィアが外出しているうちに来客でもあったのだろうか。急ぎの書状か用件があって、帰宅を待たれていたのかもしれない。

ギルバートはまだ出仕しているから、今来客の対応をするべきはソフィアだ。

ソフィアは玄関扉の前で待ってくれていたカリーナに駆け寄った。

カリーナはソフィアの侍女であり、それ以上に大切な友人だ。公の場では主従として振る舞っているが、二人きりのときには以前と同じように友人として接している。

「ただいま、カリーナ。お客様がいらしてるの？」

カリーナはソフィアを見て、困ったように笑った。

王城からの使者が来ているのかと思っていたが、カリーナの表情を見る限りではどうやら問題はそれだけでもないらしい。

「おかえり、ソフィア。そうなの。お客様なんだけどね、実は──」

話しながら玄関扉を開けて、邸の中に入る。

瞬間、サロンの扉がばんと内側から勢い良く開いた。同時に艶やかな青色の絹のドレスが揺れる。飛び出してきたのは、ソフィアもよく知る人物だった。

「ソフィアちゃん、久しぶりね！」

白い陶器のような肌に、美しく流れるプラチナブロンドの髪。サファイアのような青い瞳の清廉な雰囲気を纏ったその美女――エミーリアは、明るい声音でふわりと微笑んだ。

「エ、エミーリア様……!?」

ソフィアは驚いてぴたりと動きを止めた。

馬車は確かに王城の紋章入りだったが、王族が乗るような作りのものではなかった。だから、まさかここに王太子妃であるエミーリアがいるなんて、全く考えていなかった。

それだけ、一般的な簡素な馬車なのだ。それを使ってフォルスター侯爵邸にやってきたのだから、何か事情があるのだろうことも想像できてしまう。

エミーリアが笑みを深めて、ソフィアに近付いてくる。

「突然お邪魔してごめんなさいね。貴女にお願いしたいことがあって」

「私に……でございますか？　ギルバート様にではなくて？」

「あら。侯爵への用事なら、王城で済ませるわよ」

エミーリアはころころと笑っている。どこか不自然な笑い声に、ソフィアは小さく肩を震わせた。

ギルバートへの用事ではないのならば、エミーリアはソフィアに会いに来たことになる。確かにソフィアはエミーリアの友人だが、先触れもないまま邸にエミーリアが訪れたことなど一度もなかったはずだ。

　何かがあったことは分かるのに、その事情に見当がつかなくて、ソフィアは首を傾げる。

「それでは、私への用事とはどのようなことでございますか……？」

　ソフィアの正面に立ったエミーリアが、ソフィアの両手をぎゅっと握った。そして、何かを覚悟するかのように、まっすぐにソフィアの瞳を見つめてくる。

　青に、吸い込まれそうだ、と思った。

　圧倒されてしまったソフィアは、ただ透き通った瞳を見つめ返すことしかできない。

「――私と一緒に、領地に来てくださらない？」

　エミーリアは、それが当然というような気軽さで、それでいて懇願するような声音で言う。

「領地に、ですか？」

「ええ、アーベライン辺境伯領に」

　ソフィアは息を呑んだ。

　アーベライン辺境伯領は、アイオリア王国の北の端を守る土地だ。エミーリアの生まれ故郷だが、王都からはかなり距離がある。ソフィアは魔法が使えず移動装置が使えないため、移動には時間がかかってしまうだろう。

　エミーリアの立場を考えれば、それがどれだけ大変なことかが分かる。

　王太子妃が単身で実家の領地に帰るというのは、滅多にないことだ。これが王都の近くならばまだしも、アーベライン辺境伯領では道中の護衛などの問題もある。

「それは……」

マティアスも承知のことなのかとソフィアが確認をしようとしたところで、開けられたままだったサロンの扉から、すっきりとした騎士服姿の女性が現れた。

長い赤髪を後頭部で一つに纏めたその女性は、窘《たしな》めるようにエミーリアに話しかける。

「エミーリア、それでは何も伝わらないよ。こちらでお茶でもいただきながら、ゆっくり説得をした方が良いと思うな」

きびきびとした騎士らしい動きに対し、落ち着かせるようなゆったりとした話し方が印象的だった。

ソフィアが驚いたのはこの女性の口調だ。公式の場でないとはいえ、エミーリアに対して気軽な言葉遣いをする人をソフィアは見たことがなかった。

つまりこの女性は、それだけエミーリアに近い人物であるということだ。

「……それもそうね」

エミーリアがソフィアの手を離し、無理に作られていた笑みを消して溜息を吐く。

騎士服姿の女性は、ソフィアと目が合うと流れるように美しい騎士の礼をした。

「お邪魔しております。妃殿下の護衛を務めております、シュテファーニエ・ハイデルブルクと申します。どうぞ、私のことはファニとお呼びください」

ハイデルブルクとは、数年前に領地を王家に返還した貴族の家名だ。ソフィアが勉強に使った過去の文献には娘がいたと書かれていたが、それがファニのことだろう。まさかエミーリアの側近の一人になっているとは思わなかった。

「いいえ、ようこそいらっしゃいました。よろしければゆっくりしていってください」

ソフィアはファニに挨拶をして、エミーリアに向き直る。

「ファニ様の仰る通りでございますね。どうぞ、奥でお話を聞かせてくださいませ」

ソフィアは肩に掛けていた羊毛のストールをカリーナに預け、エミーリアとファニを応接間へと案内した。

エミーリアとファニにソファを勧める。エミーリアが腰を下ろすと、ファニはその斜め後ろに控えるように立った。あくまでエミーリアの護衛ということなのだろう。

「紅茶をお淹《い》れしますね」

ソフィアがカリーナに頼む。カリーナが頷いて離れようとしたところで、エミーリアがカリーナを呼び止めた。

「手間で悪いのだけれど、私の分はこっちにしてほしいわ」

エミーリアがドレスの隠しから瓶を取り出す。中身は乾いた豆のようだ。

カリーナが確認するようにソフィアを見たので、ソフィアは頷いた。カリーナが豆を受け取る。

「……これはお茶ですか？」

「そうよ。淹れ方は紅茶と同じだから」

「かしこまりました」

今度こそカリーナは一礼して、お茶の用意をしに行った。

ソフィアはその見慣れない行動を不思議に思った。

「お茶を持参されるのは初めてでございますね」

「そうなの。子供がいるときは、紅茶は控えた方が良いと聞いて」

「……え？　子供ですか？」

何か今、とんでもないことをさらっと言われた気がする。

聞き返したソフィアに、エミーリアは念を押すように頷いた。

「妊娠したのよ。今二か月ですって」

ソフィアはその報告を聞いて嬉しくなった。エミーリアとマティアスは、ソフィアにとっても大好きな二人だ。そんな二人の間に子供ができるなんて、なんて素敵なことだろう。

「それは、おめで――」

「でもね、殿下ったら、まったく話を聞かないのよ。だから家出してきちゃったわ！」

ソフィアの祝いの言葉は言い切る前に遮られ、エミーリアの衝撃的な言葉に目を見張る。

「い、家出ですか⁉」

「ええ。それで急にお邪魔させてもらったわ。驚かせてしまったわね」

「それは構いませんが……」

ソフィアは無理にでも落ち着こうと、ティーカップを意識してゆっくりと持ち上げ、紅茶を一口飲んだ。

その間にも、エミーリアがマティアスへの不満を次々と口にしていく。

「最近は夜も顔を合わせることがなかったから、診察を受けてすぐに執務室まで行ったのよ。それで妊娠したって報告したら、『例外はないから、後で書いて持ってくるように』なんて言うのよ⁉　酷《ひど》いと思わない？」

ソフィアはエミーリアから聞かされた話に驚きを隠しきれず、うっかり開いたままになっていた口を、持っているティーカップで慌てて隠した。

「殿下がそんなことを……あの、もしかして、エミーリア様だとお気付きでなかっただけではありませんか？　お忙しくしていらっしゃったのですよね」

マティアスがエミーリアを大切に思っていることは、ソフィアもよく知っている。

エミーリアがマティアスのことを信頼し愛しているのと同じかそれ以上に、マティアスはエミーリアのことを愛している。

ソフィアが見てきた二人は、そういう関係だった。

エミーリアはゆるゆると首を左右に振って、溜息と共に目を伏せた。

「――……それは分かっているのよ。ごめんなさい、心配をかけてしまって」

「いえ。私こそ、どう言ったら良いのか……」

ソフィアはエミーリアの心情を完全には理解することはできない。ただ、エミーリアが傷付いていることだけははっきりと分かった。

本当は、言葉にしていない様々な事情があるのかもしれない。上手く言葉を続けられずにいるソフィアに、エミーリアは寂しげに微笑む。

「それでも、私は今王城にいない方が良いと思うの。それは、殿下が自由に動くためにも必要なことだから。それに……ソフィアちゃん。貴女も、きっと王都にはいない方が良いわ」

エミーリアはそう言って、困ったように笑ってみせた。

2章　令嬢と黒騎士様は渦の中

ギルバートから怒っているエミーリアとすれ違ったと聞いて、先程来ていたのがエミーリアだったと気付いたマティアスは、慌てて執務室を飛び出した。

すぐ後に護衛のギルバートがついてくる。

今日はエミーリアには公務の予定が無かったはずだ。最近気分があまり優れないからと、侍医を呼ぶことにしたと報告を受けていた。もしかして、何か良くない病気でも見つかったのだろうか。

顔色を青くしたマティアスは、荒くなった呼吸のままエミーリアの私室の扉を叩《たた》いた。

返事が無いことが、余計にマティアスを不安にさせる。

「エミーリア、さっきは悪かった。忙しかったとはいえ、貴女《あなた》に気付かないなんて。私は本当に愚かだ。……中に入れてくれないか？」

それでもやはり返事はない。

「頼む……エミーリアの顔が見たいんだ」

エミーリアの身に何かがあったら大変だと、マティアスは叱られる覚悟で扉に手をかけた。

鍵はかかっていなかったようで、すんなりと扉が開く。

「……開いているな」

「そうですね。――念のため、殿下は私の後ろに」

中の様子を窺《うかが》いながらギルバートが言う。

マティアスは素直にギルバートの後ろに下がった。しかし左右を見渡してみても、中に入ってみても、室内には誰もいない。

「ここでないのなら、執務室か？　気分が優れないと言っていたのだが――」

「お待ちください。そこに侍医がいますから、このままお話を聞いた方が早いかと」

マティアスが踵《きびす》を返してまたエミーリアを探しに行こうとしたところで、ギルバートはそれを止めた。ちょうどエミーリアを診察した侍医が、廊下を歩いてきたからだ。

動き出そうとしないマティアスの横を頭を下げて通り過ぎようとした侍医を、マティアスは慌てて引き止める。

「すまない。話を聞きたいから一度中に入ってもらえるかな」

マティアスは侍医を連れてエミーリアの私室に入った。この中ならば、誰かに話を聞かれる心配はない。突然のことで驚いていてもおかしくないのに、何故《なぜ》か侍医は機嫌が良いようだ。

マティアスはそんな侍医に詰め寄った。

「――エミーリアの診察結果を教えてくれないか」

その質問に、侍医は思わずというように首を傾《かし》げた。

「妃殿下からお聞きになっていらっしゃらないのですか」

「……さっき来てくれたんだが、すれ違ってしまって。エミーリアが私の執務室に来るなんて、滅多にないことだから心配なんだ」

「あら、そういうことでございましたか。妃殿下から直接お聞きになった方がよろしいかと存じますが」

何か病気であったりしたらどうしよう。エミーリア無しの人生など、マティアスには考えられなかった。深刻なことであるのならば、エミーリアに話させるのも酷だ。

ここで聞いて、覚悟をしなければばならないのか。だから侍医は勿体《もったい》ぶって教えてくれないのだろうか。返事を躊躇《ちゅうちょ》される度、マティアスの中で不安が大きくなっていく。

「頼む」

マティアスが真剣な顔で言うと、侍医はわざとらしく溜息《ためいき》を吐《つ》いてみせた後、口角を上げた。

「妃殿下の気分があまりよろしくなかったのは、お子ができていたからです」

今、何を言われたのだろう。

マティアスは頭が真っ白になって途切れた思考の中で、侍医の言葉を噛《か》みしめた。ようやく辿《たど》り着いた答えは、マティアスにとって幸福すぎるものだ。

「お子が……とは」

繰り返すマティアスを微笑《ほほえ》ましげに見つめた侍医は、言葉を続ける。

「おめでとうございます。今、二か月ほどでございます。大変なこともありますでしょうが、今は殿下が妃殿下を心身共に支えてあげてくださいませ」

「子……」

マティアスはもう一度繰り返す。

だから侍医は機嫌が良さそうだったのだ。

さっき執務室に訪れたエミーリアはそのことを伝えようとしていたのか。そうだとしたら、マティアスの態度はこれ以上ないほどに悪かった。

エミーリアとマティアスは結婚して六年になる。

その間、二人の間に子供はできなかった。

マティアスもエミーリアもまだ若い。エミーリアと二人きりで過ごせる時間も大切にしたいと思っていたマティアスは、周囲からの早く世継ぎをという声も気にせず、いずれできるだろうと軽い気持ちで考えていた。

何よりマティアスにとっては、エミーリアが一番大切で最愛なのだ。

だから、他の貴族にどんなに側妃や愛妾《あいしょう》を作るように勧められても、決して頷《うなず》くつもりはなかった。

マティアスに兄弟はいないが、叔父のところにはもう孫までいる。もしも子供ができなかったとしても焦ることはないと、国王である父からも許しを貰《もら》っていた。

しかし、実際に子供ができたというのならば話は別だ。

こんなに嬉《うれ》しいことが他にあるだろうか。いや、ない。

エミーリアの中に二人の愛の結晶が宿っているというのならば、マティアスにはそれ以上に優先するものなどなかった。

私室に戻ってきた侍女に聞き込みをしたところ、どうやらエミーリアは護衛である近衛騎士のファニを連れて自らの意思で王城から出て行ったらしい。

こんな状況だが、エミーリアがファニを連れていることにマティアスは安堵《あんど》していた。もし一人きりで王城を飛び出されていたらと考えると恐ろしい。

マティアスは一刻も早くエミーリアに謝罪したかった。

夕方には寒くなるこの季節に出歩いていることも心配だ。体調は大丈夫なのだろうか。

マティアスは自身の執務室に戻り、ギルバートに指示を出す。

「ギルバート、第二小隊でエミーリアを探してくれ。妊娠の件は、まだ内密にしてほしい」

エミーリアに子供ができたとなれば、恐ろしいことを考える者が出てきてもおかしくない。最悪の事態だけは絶対に回避しなければならない。

「かしこまりました。私も出た方がよろしいですか」

「そうだね。頼りにしているよ」

ギルバートはマティアスが知る誰よりも魔力が強く、魔法も上手《うま》い。特定の人間の魔力を探すこともできるため、街での人捜しならば、ギルバート以上に効率が良い者はいないのだ。

現時点でまだエミーリアの妊娠を公表するつもりがない以上、他の魔法騎士達を投入するわけにもいかない。マティアスが信頼できて自由に使うことができるのは、第二小隊だけだ。

「すぐに代わりの者に来させますので、それまで扉に鍵をかけておいてください」

ギルバートはすぐに一礼して、マティアスの執務室を出て行った。


それから二時間ほどが経《た》った。

マティアスの元にはまだエミーリアが見つかったという報告はない。

「どこにいるんだ、エミーリア……」

ギルバート達に探させれば、すぐに見つかるだろうと思っていた。

本当はマティアス自身が探しに出かけたいが、マティアスが動くとなると護衛が何人もいる。マティアスの護衛に割く人員がいるのなら、その分を捜索に回した方が良い。

しかし思った以上に、エミーリアは逃げるのも隠れるのも上手かったようだ。

「そういえば、そういう子だったよね」

初めて出会ったときから、エミーリアはしなやかな人だった。マティアスが心配する隙などないくらいに、誰にも寄りかからずに立っていられる人だった。そんなところに惹《ひ》かれて、少しでも自分といることで心を預けてもらえたらと思った。

だからマティアスが手を離せば、どこまでだって逃げていかれてしまうのも当然なのだ。

執務机に頬杖《ほおづえ》をついて、深い溜息を吐く。

今更になって、仕事を詰めすぎていたことを後悔した。

「殿下、失礼いたします。妃殿下のことで――」

扉の向こうからの声に、マティアスはすぐに入室の許可を出した。

しかし入ってきた者は、エミーリアを捜索させていた近衛騎士団第二小隊の騎士ではなく、侍女の一人だった。まだ見つかっていないのだと残念に思いながらも、マティアスは侍女に問いかける。

「それで、用件は何かな？」

できるだけ普段通りを心がけ、薄く微笑んだ。

しかし侍女は顔を青くしながら、マティアスに深く頭を下げる。

「申し訳ございません！　妃殿下の執務室が、何者かに荒らされておりました……っ！」

「何だって？」

マティアスは思わず椅子を鳴らして立ち上がった。

「……詳しく聞かせてくれるかな」

マティアスの剣幕に、侍女は震えながらも必死で言葉を重ねていく。

「は、はい。今日は妃殿下が午後に一度こちらにいらっしゃると聞いておりましたので、その前に私共も休憩をいただくため執務室を出ました。一時間ほど経って戻ってきたときには、執務室の鍵が開いていて……中が荒らされていたのです」

エミーリアは公務がなかったとはいえ、侍医の診察の後で執務室に顔を出すつもりだったのだろう。そしてそれは執務を手伝う侍女達には知らされていたようだ。

「直接見よう。他に事件のことを知る者は？」

「いえ。まだどなたにもお伝えしておりません」

「それは良かった。なら、今すぐ――」

マティアスは机の上の書類のうち、誰かに見られてはいけないものを選んで抽斗《ひきだし》の中にしまう。急いで執務室を出ようと上着に手をかけたところで、またも執務室の扉が外から叩かれた。

「――殿下、お時間よろしいですか？」

その声は、今マティアスが最も会いたくない人物のものだった。しかし同時に、無視することが難しい人物であることも、また事実だ。

「……どうぞ」

「殿下、そろそろ私の忠言に耳を貸していただければと存じます」

白髪交じりの金髪に、翠《みどり》色の瞳。歳《とし》を経てもなおその眼力は衰えない。

丁寧すぎるほどに丁寧な言葉でマティアスに話しかけてくるこの男性は、エルツベルガー公爵だ。

エルツベルガー公爵家とは、数代前の王弟が臣籍降下してできた家だ。時が経ち、先祖が臣籍降下した意味を忘れた当代当主は、強い権力志向を抱いている。

このアイオリア王国において貴族が権力を握ろうとするならば、方法は三つある。

一つは、成果を挙げ、爵位や土地を賜ること。一つは、金や仲間を集め、力をつけること。最後の一つは、王族と一族の者の婚姻を結び、親戚関係になることだ。

このエルツベルガー公爵という人物が願ったのは最後の一つだった。つまり、王太子であるマティアスに自身の娘を嫁がせようとしていたのだ。

しかし、マティアスはエミーリアを見初めてしまった。エミーリアはアーベライン辺境伯家の令嬢だ。国防の強化という利点もあり、国王は二人の結婚を祝福した。

自身の娘をマティアスの妻にと望んでいた貴族達は、二人の幸福な結婚話に早々にその野望を諦めていった。年頃の娘は次々と嫁ぎ先を決め、王太子夫妻の結婚に伴って国内の独身貴族令嬢が激減したという。

しかしエルツベルガー公爵は違った。

愛妾でも構わないからと、自身の娘を頑《かたく》なにマティアスに勧め続けているのだ。辺境伯家の令嬢を王太子妃としているのに、それより上位の公爵家の令嬢を愛妾にすることなどできない。ましてマティアスはエミーリアを愛していて、愛妾を持つつもりなどないのにも拘《かかわ》らず、だ。

そして今年二十二歳になるエルツベルガー公爵令嬢パトリツィアは、未《いま》だ独身を貫いている。

「その忠言というのを、受け入れるつもりはないよ。――今、私はどのような用件であっても書面にて提出してもらうようお願いしているのだけれど……公爵は私の言葉に従えないと？」

「いえ、そのようなことはございません。ですがこのような使用人とは直接お話をして、私とはできないと仰《おっしゃ》られますのは、温厚な私も思うところがございますが」

「――……それこそ公爵には関係のないことだよ」

「そうでしょうか？　私は臣下として、当然のことしか申し上げておりません。全てはこの国の未来を思えばこそでございますとも」

遠回しに小言を言われるのも面倒で、マティアスは侍女に退室を命じた。

「部屋に戻って、私が行くまで誰も中には入れないように。必要であれば内側から鍵をかけて構わないからね」

エルツベルガー公爵とマティアスの間で困っていたようだった侍女は、マティアスの許しを得ると、すぐに頷いて執務室を出て行った。

マティアスは気を取り直して、エルツベルガー公爵と向き合う。

「――……それで、用件は何かな」

「以前も申し上げましたが、私の娘が、殿下のお力になるのではないかと存じまして――」

エルツベルガー公爵の話は、もう何度も聞いたものだ。いつもは長い前口上があるのだが、とうとうその建前すら止《や》めたらしい。

マティアスが前口上のうちに不機嫌になっていたことにようやく気付いたのかもしれない。

この後の話は知っている。娘のパトリツィアを、マティアスの側《そば》付きの一人として置いてみないか、というものだ。マティアスとエミーリアの間に子供ができる前に、マティアスの興味がパトリツィアに向くように誘導する意図だろう。

パトリツィアはとても博識だから、マティアスの力になる。だから会ってみてほしい、という言い方をしてくる。

しかしそもそもエルツベルガー公爵の娘をマティアスが側に置くはずがない。

機密性が重要な王太子執務室に、関係のない家の令嬢を入れることができるわけがないのだから。

「その話は今である必要はないだろう。下がってくれるかな」

「ご多忙な今だからこそ申しているのでございます」

忙しそうだから力になりたいと言っているように聞こえるが、実際、公爵は焦っているのだろう。

エミーリアとの間に子ができないからといって迎える愛妾は、若くなければならない。パトリツィアがこれ以上歳を重ねる前に話を進めたいのだ。

マティアス自身がパトリツィアと会話をしたことは数回、それも短時間しかない。

パトリツィアが一般的に見て魅力的な令嬢であったとしても、マティアスはエミーリア以外の女性を側に置くつもりも、気を他の女性に移すつもりもなかった。

父親から叶《かな》いもしない相手を追いかけるように言われているらしいパトリツィアには同情もあるが、だからといってマティアスにできることは、はっきりとエルツベルガー公爵に断りの言葉をかけ続けることくらいだ。

「公爵、もう何度も断ったことだ。私は今、火急の用がある。私がらしくもなく腹を立てる前に、自ら退出してもらえるとありがたいのだけどね」

マティアスの感情を押し殺した声にこれ以上は逆効果だと悟ったようで、エルツベルガー公爵はようやく執務室を出て行った。

マティアスは、ギルバートの代わりに第二小隊から護衛にやってきているトビアスを連れて、執務室を出た。

荒らされたというエミーリアの執務室は内側から鍵がかけられており、マティアスが名乗ると侍女がすぐに鍵を開けてくれた。

そこは、マティアスの想像以上の状況だった。

執務机を中心に、部屋中のものが引き出され、ばら撒《ま》かれている。何かを探したというよりも、散らかすこと自体が目的のように見える惨状だった。

唯一手がつけられていないのは、仮眠用の寝台の周囲だけだ。

万一エミーリアがここに来ていたら、部屋の惨状を見て顔を青くするだろう。顔色が悪くなれば、侍女はエミーリアを仮眠用の寝台に案内するかもしれない。サイドテーブルにはエミーリアが普段から使っている水差しとグラスが置かれていた。

マティアスは顔を歪《ゆが》める。

「目的は明確だね。君達はここを動かないで。今、騎士を呼んでくるから」

踵を返したマティアスの後を、トビアスが慌ててついてくる。

「殿下、どちらへ行かれるのですか？」

「――父上のところに行くよ。特務部隊を借りる必要がありそうだ」

マティアスはそれきり口を噤《つぐ》んで、先触れもせずに国王の謁見室に乗り込んだ。

◇　◇　◇

ギルバートは第二小隊の者達と共にエミーリアの捜索をしていた。

しかし王城で聞き込みをしても、使用人用の馬車を使ったらしいという情報以外何も入ってこない。

街に出て魔法を使ってエミーリアを探そうとしたが、エミーリアの魔力も同行しているはずのファニの魔力も、どこにも見つからなかった。

ギルバートは馬を走らせて移動しながら、王都の彼方此方《かなたこなた》で捜索魔法を使う。

それでも、やはりエミーリアがどこにいるのかは分からない。

「……もう王都を出ているか、何らかの魔道具を使っているか」

魔力には個性がある。ギルバートのこの魔法は、その魔力の個性を拾って追跡するものだ。当然エミーリアの魔力も覚えているため、何もなければすぐにでも見つかるはずだった。

しかしそれを妨害する魔道具も存在している。正確には魔力の属性を変換する魔道具だが、それを使われたらギルバートの魔法で追跡することはできなくなる。他にも、魔力を感知できなくする結界なども存在している。

「妃殿下ならば、私のこの特性も知っていると考えるのが妥当だ」

本気で隠れようと思って行動されていれば、ギルバートの魔法でもエミーリアを発見することは不可能だと、ギルバートは気付かされる。

ギルバートは零《こぼ》れそうになった溜息を呑《の》み込んだ。そこまで本気で追跡を逃れようとされているとは考えたくはない。

これでは、ギルバートが出てきた意味がない。

「王城を出たときに乗っていたのは、使用人用の馬車だ」

ギルバートは気を取り直し、他の隊員達と共に聞き込みをして地道に馬車の目撃情報を探すことにした。

しかし日が沈んでもエミーリアは見つからない。

このまま探していても効率が悪いと判断されたため、ギルバート達は捜索を夜勤の者と交代することになった。

ギルバートは馬車ではなく馬で帰宅した。

エミーリアは友人であるマティアスの妻であると同時に、ソフィアの友人でもある。エミーリアの身に何かあれば、きっとソフィアも悲しむだろう。一度帰宅してソフィアに事情を説明してから、捜索に戻ろう。

そう決めてフォルスター侯爵邸に帰り、玄関扉を開け——そこにいた人物に、ギルバートは目を見張った。散々探していて、今も安否を心配していた相手であるエミーリアが、ハンスと共にギルバートを出迎えていたのだ。

「——……妃殿下、どうしてここにいらっしゃるのですか」

「おかえりなさい、侯爵。お邪魔しているわ」

ギルバートは今度こそ深く嘆息した。

このフォルスター侯爵邸の敷地には、中にいる人間の魔力を探ることができないようにする結界を張っている。

フォルスター侯爵であり黒騎士と言われているギルバートには敵が多い。

ギルバートが知る限り自分と同じことができる魔法騎士はいないが、万一他国の間諜《かんちょう》にでも邸内を探られてしまったら厄介だ。そう考え、ギルバートは先代侯爵である父エルヴィンと共に、結界を張る魔道具を作ったのだ。

この邸《やしき》の中にずっといたのならば、ギルバートの魔法でエミーリアを見つけられないのも当然だ。

「遅かったわね。貴方《あなた》のことだから、もっと早くここに私を咎《とが》めに来るかと思っていたのだけど」

「この邸の中は、魔法で探知できないようにしているのです」

「そうだったのね。それは悪いことをしたわ」

エミーリアはそれまでの勝ち気な表情を消し、眉を下げた。

王城から家出はしても、姿をくらますつもりはなかったらしい。大人しくフォルスター侯爵邸にいたことからも、心配をかけないようにという配慮が窺われる。

ギルバートは今もエミーリアを捜索している第二小隊の仲間のことを思った。随分と外は寒くなっている。早くエミーリアの無事を知らせてやりたい。

「殿下に報告してよろしいですか」

「ええ。探させてしまってごめんなさい。皆さんにも謝らないといけないわね」

ギルバートの言葉に、エミーリアは当然だというように頷いた。そして、自分が皆に心配をかけ、今まで人員を使われていたことを謝罪する。

ギルバートはエミーリアを責めることはできない。

「……帰るつもりはございますか？」

「今日は帰らないわ。今、ソフィアちゃんに部屋を用意してもらっているの」

どうやら、もうここに泊まるつもりであったらしい。

「詳しいことはソフィアちゃんから聞いて。……ああ、ソフィアちゃんを叱っては駄目よ。私が貴方に連絡しないようにお願いしたのだからね」

ソフィアがエミーリアから頼まれて、無碍《むげ》にできないであろうことは容易に想像できる。きっとそれでもギルバートに報告するべきかと散々悩んだに違いない。

人の心を慮《おもんぱか》る、優しい子なのだ。

「分かっています」

ギルバートが頷いたそのとき、二階の廊下からぱたぱたと軽い足音が聞こえてきた。それがソフィアのものであることは、姿を見なくても分かる。エミーリアが使う客間を確認していたのだろう。

ギルバートが階段を見上げると、爽やかな緑色のドレスに身を包んだソフィアが駆け足で階段を下りてきた。

「——おかえりなさいませ、ギルバート様……っ」

僅かに弾んだ声と、困ったような表情。

「ただいま、ソフィア。妃殿下のお相手をありがとう」

「あ、あの。そのことなのですが——」

きっと、ソフィアは今日一日、大変なことがあったのだろう。エミーリアも早い時間のうちにこの邸にやってきたのだろうから、積もる話もあったに違いない。

そう判断したギルバートは、ソフィアが話し始めるよりも早く口を開いた。

「客間の支度ができたのだろう。先に休んでいただいた方が良い。……よろしいですね？」

「分かっているわ」

エミーリアが緩く首を振って苦笑する。

ギルバートの決定を聞いたソフィアは、侍女のアメリーにエミーリアの世話を任せ、客間に案内するように指示を出した。

「ありがとう。おやすみ、ソフィアちゃん」

「おやすみなさいませ、エミーリア様」

エミーリアがアメリーの案内で階段を上っていく。

姿が見えなくなり、足音が途切れた。

扉が閉まる音を聞いた瞬間、ギルバートとソフィアは同時にゆっくりと息を吐いた。

◇　◇　◇

寝支度を整えたソフィアは、私室のソファにギルバートと並んで座っていた。

出会って二度目の冬を迎えようとしていても、ソフィアとギルバートは変わらず二人きりで過ごす夜の時間を大切にしている。今はソフィアの膝の上で子猫のスフィが気持ちよさそうに眠っているため、正確には二人きりではないけれど。

ソフィアの右手はギルバートの左手にふわりと包まれるように重ねられている。左手は、スフィの柔らかな薄茶の毛を緩く撫《な》でていた。

出会ってからずっと続くこの穏やかな時間を、ソフィアはとても大切に思っている。

ただ今日は、穏やかなばかりではいられそうにない。

新婚旅行から戻ってから、ギルバートはマティアスとの通信用の魔道具を邸に持ち帰っていた。見た目は金属製の板のようなそれは、書いたものを対になる魔道具に伝えることができるらしい。

ギルバートは帰宅後すぐにマティアスに魔道具で連絡を入れ、エミーリアの無事と、今夜はフォルスター侯爵邸に泊めることを報告している。同時に、マティアスからも何らかの報告があったようだ。

エミーリアは御者とファニだけを連れてフォルスター侯爵邸にやってきて、その全員がこの邸に留《とど》まっている。

ギルバート曰《いわ》く、フォルスター侯爵邸は特別な魔道具で結界を張っていて、中にいる人間の魔力を探知できないようにしているらしい。出入り口以外からの侵入をできないようにするだけのものかと思っていた結界にそんな機能まであったことを、ソフィアは今日初めて知った。

その結界のせいで、エミーリアが完全に行方不明になってしまっていたことも、ギルバートに聞かされて知ったのだった。

「本当にごめんなさい。私がギルバート様にお伝えすれば良かったです……」

「いや、ソフィアの立場では悩むところだろう。私こそ、邸に戻るのが遅れてすまなかった」

ギルバートは何でもないように言うが、ソフィアはギルバートが今日必死でエミーリアを探していたであろうことを想像できてしまう。

労《いたわ》るように、重ねた手を一度返して、緩く握った。

「……お疲れ様でした」

ギルバートがその感触を嬉しく思っていることを隠しもせずに、しっかりと手を繋《つな》ぎ直す。

「ソフィアこそ、昼は茶会にも行ってきたのだから疲れただろう」

言われてみれば、今日のソフィアはエミーリアが来る前にアンドロシュ伯爵夫人主催の茶会に出席していたのだ。帰宅後が慌ただしすぎて、すっかり頭から抜けていた。

「忘れていました……」

「そうか。何かと手配してくれてありがとう。――妃殿下は何か言っていたか？」

エミーリアはもう客間で休んでいる。

ギルバートの帰宅がいつもよりも遅かったことと、エミーリアが身重であるらしいことを考慮して、ギルバートとエミーリアの話し合いは明日の朝にすることになっていた。

それでもやはり何を話したのかは気になるのだろう。ソフィアが巻き込まれていることも、気にしてくれているようだ。

ソフィアはギルバートに伝えて問題がない話を考えて、伝えなければならないものから話をすることにした。

「――アーベライン辺境伯領に一緒に来てほしい、と仰っていました」

ソフィアはエミーリアがここにやってきた一番の理由に触れた。

エミーリアは、多忙故に普段以上に一緒にいられないマティアスへの愚痴や、妊娠が分かったことなども話していたが、結局ソフィアのところに身を寄せたのは、それが目的だ。

「辺境伯領に？　それは――」

ギルバートは、何かを思案するような顔をしている。

エミーリアはマティアスへの怒りだけで実家に帰りたいと言っているわけではないらしい。出産後には領地に帰りづらくなってしまうことも理由の一つのようだった。

そして同時に、最近は自分の周辺で気になることも続いているという。

気が休まらない王城にいるよりも、実家の領地に避難している間に王城の不穏分子を一掃してもらう方が良いと考えてのことだ。

「やっぱり、難しいのでしょうか？」

「そうだな。いや、だが……」

ギルバートは思案するかのように黙り込んでしまう。

ソフィアはそれも仕方がないことかもしれない、と思った。

王太子妃という立場では、自由に王城を離れることはできない。公務の予定もある上、今は社交シーズンのど真ん中だ。そうでなくとも大切な時期なのだから、馬車での長旅には不安がないわけではない。

普通に考えたら、許可できるはずのない話だ。

ソフィアはギルバートを困らせたくはなくて、話題を変えることにした。

「それから、今日のアンドロシュ伯爵夫人のお茶会で――」

伝えないわけにはいかないが、この話も気を休めるというものにはほど遠い。

ソフィアは一瞬迷って口を噤んだが、ギルバートが会話を続けさせる。

「構わない。どうした？」

「エルツベルガー公爵家のパトリツィア様にお声がけされました。その……エミーリア様の身辺に気を付けるようにと、仰っていましたが……」

「公爵が何か企んでいるということか」

「そうなのですか？」

ソフィアにとって、エミーリアは尊敬する女性で、同時に大切で特別な友人でもある。できることならば、幸せであってほしいと願っていた。しかしそれと同時に、きっと心労も多いのだろうと思うこともあった。

以前、マティアスとの馴《な》れ初《そ》めを聞いたときに見せた微笑み。普段の気高く隙のないエミーリアとは別人のように、まるで少女のように愛らしい顔をしていた。

きっとそれもまたエミーリアが隠している一面なのだろう。

「いや……すまない。まだ話せない」

ギルバートが詳しく説明しないまま、謝罪の言葉を口にする。

「明日、殿下とも話をしてくる。それまであまり考えすぎるな」

ギルバートが右手でソフィアの眉間をそっと撫でる。それが知らず寄ってしまっていた皺《しわ》を伸ばすためだと気付いて、ソフィアは目を伏せた。

「こ、これは――」

「ソフィアが妃殿下を大切に思っていることも、私を気遣ってくれていることも、分かった」

眉間を撫でていた手が、自然と頭に移動する。そっと慰めるように、労るように髪を撫でていく大きな右手に、ソフィアの心がぎゅっと握られたような気がする。

知らぬ間に緊張していた肩から力を抜いた。

ギルバートには、きっとソフィアの全てがお見通しなのだ。たとえソフィアの心を読むことができなくても、だからこそ、ギルバートはその分ソフィアの心の変化をよく見ていて、自分でも気付けないことまで気付いてくれている。

「だから、無理に気負わなくて良い。大丈夫だ。私はソフィアの味方だ」

ギルバートの言葉は核心に迫っていない。それどころか、返事になっているかも分からないものだ。それでも、ソフィアはギルバートの誠意を感じた。

強ばっていた心がほどけていく。

「――……はい。ありがとう、ございます」

繋いだ手の力を緩めて、そっと、指を絡めた。ソフィアがギルバートの手を握るよりも早く、ギルバートがソフィアの手を強く握る。

ソフィアは思わず息を呑んだ。

「こちらこそ、ありがとう。……この邸の中ならば妃殿下の安全は保証する。心配することはない」

ギルバートとエルヴィンが協力して作ったという結界は完璧だ。それだけでなく、ソフィアがエラトスとの戦争で捕虜とされてしまった事件の後に、使用人全員の身辺調査もしているらしい。

外壁の周囲と門には護衛が何人も立っている。

ソフィアにとっては厳重すぎるように感じるそれは、特別なことではないのだろう。フォルスター侯爵家としては、当然で、どうしてもせざるを得ないことなのだ。

しかし同時に、ソフィアの心にはいつも劣等感が付き纏《まと》う。

もしもソフィアに魔力があって、もっと勇気があれば、こんなに心配をさせることもなかっただろうと、どうしても考えてしまうのだ。

ソフィアはあえて明るい声を出して、ギルバートに笑いかけた。

「ありがとうございます。きっと大丈夫ですよね」

「ああ。大丈夫だ」

穏やかな声に、甘えるようにギルバートの肩に軽く頭を乗せる。肩から感じた熱が、少しずつ、ソフィアの顔を熱くしていった。

しかし頬が赤くなるよりも早く、繋いでいた手が離れる。離された手に寂しさを感じる隙もないままに抱き締められて、ソフィアは驚いた。

膝に乗っていたスフィが、慌てて飛び降りて逃げていく。

ソフィアは一瞬固くなった身体《からだ》から力を抜いて、ゆっくりとギルバートの背中に腕を回す。男性らしい大きな身体が、硬い感触が、ソフィアをもっともっと安心させていく。

「妃殿下は、ソフィアを頼ってきている。私も無碍にはしない」

「はい……」

ソフィアは、ギルバートの出した答えに安堵した。

小さく首を振って、慣れた柑橘《かんきつ》の甘く爽やかな香りを吸い込む。それだけで、こんなに大変だった一日も、穏やかな暖かさで上書きされてしまうような気がした。

ギルバートがひょいとソフィアを持ち上げ、自分の膝の上に抱えるように乗せた。

「ま、待ってください。恥ずかしいです……っ」

ギルバートがソフィアの頬を撫でる。

ソフィアは擽《くすぐ》ったいような刺激に身を震えさせた。それから真っ赤な頬を隠すように、ギルバートの首に縋《すが》りついて顔を埋めた。

夜着の襟元は開いていて、その行動が間違いだったと気付いたのは、唇がギルバートの首筋に触れた後だ。

もう顔は上げられそうにない。

「——巻き込んで、すまなかった。だが……力を貸してほしい」

ギルバートのまっすぐな言葉に、ソフィアは顔を隠したまま頷いた。

◇◇◇

翌朝、ギルバートは早朝の鍛錬をせずに、起きていたエミーリアから話を聞いてすぐに王城に出仕した。

マティアスは当然のように執務室にいて、ギルバートがやってくるのを待っていた。目の下に隈《くま》があるのを見るに、もしかしたら一晩中仕事をしていたのかもしれない。

マティアスはギルバートの姿を見て、ほっと息を吐いた。

「——エミーリアが世話になっているね」

「いえ、妻がおりますので」

昨日は、ソフィアが本当に頑張ってくれた。急なことにも拘らず、エミーリアの客室を整え、侍女もつけている。ファニと御者にも部屋と食事を手配し、今朝も支障なく過ごすことができているということだった。

家のことを任されるようになって、初めての来客が突然やってきた王太子妃とは可哀想《かわいそう》だと思ったのだが、ギルバートの心配を差し置いて、ソフィアはしっかりやってくれた。

いつの間にそれほどに成長していたのかと、驚かされるばかりである。

「本当に感謝している。ソフィア嬢にも礼を言っておいてくれ」

頷いたギルバートは、マティアスへの報告を補足しようと話し始めた。ソフィアから事情を聞いた昨夜のうちに魔道具で連絡を入れているが、今朝本人から聞いたことも伝えるべきだ。

「――と、いうことなのですが」

ギルバートの話を聞いて、マティアスは一度頷いたきり黙り込んでしまった。しばらくそのまま動かずにいたが、ギルバートが続いて話し始める前に顔を上げる。

「これは、私はエミーリアが領地に戻るのを許可しなければいけないようだね」

絞り出した声から、マティアスが少しもそれを望んでいないことが分かる。

ギルバートはマティアスの判断が正しいと理解しながらも、つい念押しをしてしまった。

「よろしいのですか」

「ここに呼び戻すわけにもいかない事情ができた」

マティアスは深く嘆息すると、持っていたペンを机に置いた。

「エミーリアの執務室が荒らされていたことは伝えたね」

「はい。昨夜お聞きしています」

エミーリアの執務室が荒らされていた。それは、侵入者を許してしまったというだけの問題ではない。エミーリアがいつどこにいるか、犯人が知っていることの裏返しでもある。

つまり内通者がいるか、犯人が内側にいるということだ。

「エミーリアの侍女の中に、犯人側の人間がいるのだろうね。でも、それだけではないんだ。……唯一荒らされていなかった寝台。そのサイドテーブルに置かれた水差しの水から、ヘエジカの根の成分が検出されたと報告を受けた」

「――それは」

ヘエジカの根――それは堕胎剤としても使われているものだ。

エミーリアは妊娠したと診察を受けたばかりのはずだ。それなのに、犯人は理解しているというようにそれを用意していた。それも、執務室にやってきたエミーリアが、唯一荒らされていない場所に移動して、落ち着くために飲むかもしれない水に入っていたのだ。

それは、犯行がエミーリアのごく身近な人間によって行われたであろうことを示唆している。

「王城に呼び戻しても、今いる侍女をそのままつけることはできない。それならば、いっそ領地にいた方が安全だろう？　侍女を取り調べてもすぐに黒幕には辿り着くことはできないからね」

「――……そうですね」

ギルバートの言葉には、隠しきれない怒気が滲《にじ》んでいる。

普段ならばマティアスが指摘してくれるのだが、今はマティアスも怒っているのだろう。ギルバートの怒りを抑えようという者はいない。

右手首で白金の腕輪がじわりと熱を持ち、ギルバートに落ち着くようにと訴えてくる。

「もう特務部隊が動いている。すまないが、今日はそちらの取り調べに協力してほしい」

「はい。かしこまりました」

ギルバートは意識してゆっくりと呼吸して、落ち着いた声で頷いた。

レーニシュ男爵領の事件以来、ギルバートと特務部隊の関係は以前よりも改善されてきている。特にフェヒトとは、相変わらず特別会話をすることはないが、以前のような敵愾心《てきがいしん》のようなものは感じることがなくなった。アンドロシュ伯爵夫人からソフィアが茶会に招待されたことを鑑みても、おそらくこれまでとは関係が変わろうとしているのだろう。

仕事がしやすくなるのならばありがたいことだ。

マティアスはばつが悪そうに目を細める。

「……特務と関わらせて悪いね」

「殿下が気にされることではありません。早急に片付けます」

「竜の件とも関わっているかな」

「可能性は、あるかと」

はっきりと言い切れないのは、調査が思うように進んでいないからだ。これ以上進めるためには、直接魔獣研究所に調査に行くしかない。

確かにマティアスが言う通り、守るべき者が皆王都から離れた安全な場所にいるというのは、非常に都合が良い。

エミーリアがアーベライン辺境伯領に行きたいというのも、よく考えた結果なのだろう。ソフィアを誘ったことも、ギルバートが家を気にせず動くことができるようにだろうか。

マティアスはもう、エミーリアの望むようにさせるつもりのようだ。

「――妃殿下は移動装置を使われないでしょう。第二小隊から護衛を出してよろしいですか」

「ああ、頼むよ。編成が決まったら、アーベルから報告するように伝えて」

妊娠中の移動装置の使用は推奨されていないため、馬車での移動になる。いずれにせよ、魔法を使えないソフィアは移動装置を使えない。

最新式の魔道具を搭載した馬車を使ったとして、雪道であることを考慮に入れると、移動にかかるのは二週間といったところだろうか。

ギルバートは了承の返事をして、マティアスの執務室を出た。

◇◇◇

「ソフィアちゃん、ごめんなさいね」

カリーナ達が荷造りをしてくれたトランクを見て、エミーリアが言う。

ソフィアは首を左右に振った。

「ですが、本当に良かったのでしょうか。こんな……許可を貰う前から、荷造りをするなんて」

「良いのよ。だって、絶対に許可は下りるわ」

エミーリアは自信満々の態度で言い切った。

しかしその裏側から滲む小さな迷いは、マティアスに会わないまま王都を離れようとしていることへの罪悪感や寂しさから来ているように見える。マティアスが許可を出すと確信しているのは、エミーリアを守るための判断であるということも、分かっているのだろう。

「殿下も、エミーリア様に会いたいと思っていると思います」

「……そうね。それでも、今は王城には帰れないの」

エミーリアの口ぶりに、ソフィアはどうしようもなく悲しくなる。

妊娠したばかりだというエミーリアが不安になるのは当然のことだ。それなのに、一番側にいてほしいマティアスから離れて、暮らし慣れた王都から離れて、身を守らなければならない。

子供ができるということは、本当は、ただ嬉しいだけのことであるはずなのに。素直に喜んでばかりいられないことが悲しかった。

しかしそんなソフィアの不安や悲しみを吹き飛ばすように、エミーリアはからりと笑った。

「ソフィアちゃんにもいつか来てほしかったのよ。アーベライン辺境伯領って、これからの時期は雪がとても綺麗《きれい》だから。お友達だって、両親にも紹介したいわ」

「ありがとうございます……っ」

そう言われると、ソフィアは咄嗟《とっさ》に頬を染めることしかできない。

エミーリアが実家に帰るのは身の安全のためであり、妊娠を直接報告するためでもある。それは当然なのだが、その理由の一つにソフィアも並べられたことが、恥ずかしくも嬉しかった。

「——妻を籠絡しないでくださいと、以前にも申し上げましたが」

突然の声にソフィアはぱっと振り返る。

今は夕方で、ギルバートが帰宅するにはまだ早い時間だった。しかし突然二人の会話を切って飛び込んできた声は、間違いなく聞き慣れた低くよく響く声だ。

ソフィアは笑顔でギルバートを出迎えた。

「ギルバート様、おかえりなさいませ」

黒い騎士服に身を包んだギルバートが、ソフィアの姿を見て目を細める。しかしすぐに冷徹だと言われる無表情に戻り、エミーリアに向き直った。

「ただいま、ソフィア。——妃殿下、殿下からアーベライン辺境伯領への帰省許可が下りました」

「……そうでしょうね」

エミーリアはそれが当然だというように、平坦な声で頷いた。

「今日の夜から二週間の旅程です。休憩は多めに挟みますが、何か不都合があれば仰ってください」

「いいえ、ありがとう。手間をかけるわ」

今日の夜からということは、もう数時間もない。ソフィアはあまりに突然のことに驚いて、ギルバートを凝視してしまった。

ギルバートはそんなソフィアを見て小さく苦笑したが、すぐに眉間に皺を寄せる。厳しく見えるこの表情は、困っているときのものだ。

「ソフィアの侍女を全員連れて行く。皆への連絡を頼んで良いか。必要なものは道中揃《そろ》えるから、荷物は最低限で構わない」

「はい、分かりました」

エミーリアの身近な人間は、護衛騎士であるファニ以外には誰も連れて行かないらしい。

道中では、カリーナとサラ、そしてアメリーにエミーリアの世話も頼むことになるだろう。子爵家の三女で行儀見習いのためにフォルスター侯爵邸で働いているサラよりも、ハンスの孫で使用人養成学校を主席で卒業しているアメリーの方が、エミーリアの側に置くのに良いだろうか。

ソフィアはギルバートの話を脳内で反芻《はんすう》しながら、道中での采配を考え始める。まだフォルスター侯爵夫人としての家政を完璧にこなせていないソフィアは、こうして初めての事態に遭遇する度に必死で考える癖がついていた。

黙り込んで思考していたソフィアの腕を安心させるように撫でたのは、エミーリアだった。細くて華奢《きゃしゃ》に見えるその手の平は、ソフィアのものよりもずっと硬い。鍛えている女性の手だ。

「ソフィアちゃん、そんなに硬くならないで。気軽な旅行のつもりで、一緒に楽しみましょう」

明るい声で言われ、ソフィアははっと顔を上げる。

一番不安なのは、きっとエミーリアなのに。

ギルバートだって、第二小隊の者達と共に護衛の任務をするのだから、気を張るに決まっている。ならば、ソフィアが皆に気を回せる程度に心の余裕を持っていなければ。

「ありがとうございます、エミーリア様。ちゃんと旅ができるように、頑張ります……っ！」

トランクの蓋を閉めたカリーナが、無言でソフィアにぐっと握った拳を見せる。カリーナも一緒に頑張ってくれようとしているのだ。

小さな仕草に安堵して、ソフィアは大丈夫だと微笑んだ。


ソフィアとエミーリアが乗った馬車は、ギルバートの認識阻害魔法によって目立たないようにされ、深夜にフォルスター侯爵邸を出発した。

マティアスがこっそりと用意した馬車は魔道具を搭載しているらしく、旧道具であるフォルスター侯爵邸の馬車よりも更に揺れが少なく移動も速い。

馬車を引く馬達は、騎馬で駆けている近衛騎士達と同じ速さで街道を走っていた。

そのお陰か、特に問題もなく順調に旅は進んでいく。

毎晩きちんとした宿で休息をしながら進んだにも拘らず、予定通りにアーベライン辺境伯領に辿り着くことができそうだった。

北に向かって旅を始めて十日、ついに窓の外には雪がちらつき始めた。

「……雪が降ってきましたね」

馬車の中は魔道具を使っているため暖かいが、外は寒そうだ。併走しているギルバート達が心配になる。

「アーベライン辺境伯領も、まだ本格的に積もっている季節ではないから大丈夫だとは思うわ。真冬になると、人の背くらいまで積もるのよ」

「そんなにですか?」

「そうなの。だから、領地での滞在はひと月くらいが限界でしょうね。……そんなに長くいないで済む方がありがたいのだけれど」

それほど積もったらどうやって移動するのかと思ったが、エミーリア曰く、今は魔道具で雪を融《と》かして道を作るらしい。昔は大きな雪掻《ゆきか》き機を手作業で動かしていたと続けたエミーリアの目は、どこか遠くにある昔の景色に向けられているようだ。

「エミーリア様は」

気丈に振る舞っていても、本当は寂しいのではないか。思ったままに質問をしようとして、ソフィアは言葉を切った。

エミーリアが強くあろうとしているのに、弱さをさらけ出す質問をするのは間違っている。

「どうしたの？」

「なんでもありません……」

「ふふ、変なソフィアちゃん」

エミーリアはそう言って、窓の外に目を向けた。

ソフィアも何となくエミーリアの視線を追いかける。

分厚い雲と白い雪ばかりの景色かと思っていたが、鮮烈な赤がそこにはあった。一つに束ねられた長い髪が、風を受けて靡《なび》いている。

背中に流されたエミーリアの艶やかな髪が、その景色を覆うように微《かす》かに揺れていた。

ソフィアは思いきって口を開く。

「……お聞きしてもよろしいでしょうか」

「何かしら？」

エミーリアの声は、少しも迷いがないように澄んでいる。

しかしエミーリアはソフィアの方を見ようとしない。

エミーリアはいつだって自分がどう見られているかを理解して行動している。だから今窓の外を眺めたままでいるのも、意識してのことだろう。

ソフィアはこっそり深呼吸をして、話し始める。

「あの、私はファニ様とお話ししたことがなかったのですが、お二人は長いお知り合いなのですか？」

エミーリアはいつも多くの人に囲まれている。ソフィアも仲良くさせてもらっているが、夜会など

の社交の場では、声をかけづらいと感じるほどだ。

それなのに、エミーリアとファニのような距離感を許されている人を、ソフィアは他に知らない。

「ファニは、私の幼馴染《おさななじ》みなのよ」

エミーリア・アーベライン辺境伯令嬢とシュテファーニエ・ハイデルブルク伯爵令嬢――ファニは、幼い頃から仲の良い友人だった。領地が近く、同い年で、互いに身体を動かすのが好きだったため、二人は共に過ごすことが多かったのだという。

「そうね。少し、昔話を聞いてくれる？」

エミーリアはようやく視線をソフィアに向けて、これまでにソフィアと話したどのときよりも、柔らかな表情で笑った。

「以前、殿下との話をしたときに少し触れたけれど、私、子供の頃は、兄達に混ざって剣を振り回すような子だったの。……そんな私の最初の女友達がファニだったわ」

エミーリアに女友達ができたことを喜んだエミーリアの母は、そのすぐ後に模造剣をぶつけ合っている二人を見つけて失望していたらしい。おしとやかに育ってほしいと願っていたようだ。

しかしエミーリアは楽しかったのだという。母親が連れてくるような壊れてしまいそうなほど華奢な令嬢にはない、全力の自分がぶつかっても決して揺らがない強さに憧れてもいた。

「仲の良い友人同士で、話も趣味も合ったから、いつも二人でいたの。殿下とお付き合いをするようになってからもそう。きっといつか私が王太子妃になるときには、ファニが友人として側にいてくれると思っていて……」

楽しい思い出話をしていたはずなのに、エミーリアの表情が少しずつ暗くなっていく。

ソフィアはその続きを知っていた。

「ソフィアちゃんも知っていると思うのだけれど、私が王太子妃となる前の年に、ハイデルブルク伯爵領で大規模な飢饉《ききん》が起こったの。勿論《もちろん》ファニのお父様は、国の支援を受けて領地を存続させようとしていたわ。でも色々あって……結局、爵位と領地を国に返還することになった」

ソフィアが知る限りでは、ハイデルブルク伯爵家は歴史ある家だった。たった一度の飢饉で駄目になってしまうような弱い領地ではなかったはずだ。

それなのに、領地を国に返還しなければならなくなった。そこに何らかの陰謀があったことは、想像に難くない。

エミーリアはどこまで話すか迷っているようだった。

「そうね……あのとき伯爵は、領民を守るために自ら領地を国に返還したの。それから、ファニは近衛騎士団の入団試験を受けて、私の護衛騎士になってくれたのよ。女性騎士は少ないから、私も助かっているわ」

視線を落としたエミーリアの顔に浮かぶ感情は後悔だった。どうして何もできなかったのか、守ってあげられなかったのか。今でもそう考えずにはいられないのだろう。

王太子妃という重要な地位にいるからこそ、エミーリアが友人を作るには相手の立場を意識しなければならない。相手がエミーリアの立場を強化するような立場の者であればあるほど、何かがあったときにその立場から引き摺《ず》り下ろされてしまう。

そこまで考えて、ソフィアは首を振った。

それならば、ソフィアがエミーリアの側にいれば良い。

ソフィアは今、フォルスター侯爵夫人という立場にいて、ギルバートが守ってくれているのだから。

「そう、だったのですね。……エミーリア様に素敵なお友達がいて、嬉しいです」

ソフィアは窓の外に目を向ける。そこには変わらず赤い髪が揺れていた。

「ありがとう。ソフィアちゃん、これからもお友達でいてくれるかしら」

エミーリアからの問いに、ソフィアはしっかり目を見て頷いた。


その日の夜、宿の部屋でソフィアはエミーリアとファニの話をしていた。

フォルスター侯爵邸よりも狭い部屋で、ソフィアはギルバートと並んで寝台に腰掛けている。ソフィアの右手は今日もギルバートに繋がれていた。

普段ならば『今日は何があった？』と聞かれていたのだが、アーベライン辺境伯領への道中ではその質問も無意味だ。ソフィアはずっと馬車の中にいて、たまに窓から併走するギルバートの姿を窺っているのだから。

代わりに、ソフィアがギルバートと話したいことを、そしてギルバートがソフィアと話したいことを、互いに話す時間になっていた。

「ギルバート様はご存じでいらっしゃったのですね」

「そうだ。……ハイデルブルク家が爵位を返上することになった当時、殿下は酷《ひど》く怒っていた」

ギルバートはエミーリアとマティアスが出会う前からマティアスの側にいた。当然だが、エミーリアとファニの事情も知っていたようだ。

ソフィアは目を伏せて、縋るように手を握った。

「――……私、知らない振りをしました」

ソフィアはエミーリアには言わなかったことを、懺悔《ざんげ》するかのように話し始めた。

「この国は、領地で飢饉が起きたとき、充分な支援が受けられるようになっています。堅実な領地経営をしていたというハイデルブルク伯爵家がそんなことでなくなるはずがない……です」

フォルスター侯爵家で家庭教師から多くを学んだソフィアは知っている。ハイデルブルク伯爵家は堅実で、決してただ一度の飢饉で駄目になってしまうような家ではなかったはずだ。

それなのに、爵位と領地を手放した。それは間違いなく、誰かが意図的にそうなるように仕向けたのだろう。

「ソフィア――」

「だから、裏から仕組んだ人がきっといたのですよね」

エミーリアの力を削ぐ目的だったのか、ハイデルブルク伯爵家に恨みがあったのか、そのどちらもであるのかは分からない。しかし確実に、裏から引き摺り下ろした者がいたのだ。

ソフィアはもう、覚えてしまった。

全員が気遣い合って生きているわけではないということも、他人の不幸を喜ぶ者がいるということも。そして、そうした陰謀は、証拠さえ出なければ裁かれることがないということも。

ギルバートが何かを言おうとしたのか、口を開きかけて閉じた。

いつだってギルバートは、あらゆるものからソフィアを守ろうとしてくれる。それは暴力や犯罪といった危険からだけではなく、人の悪意や世の中の美しくないものからも。

それはギルバートの優しさだ。ソフィアが一人では立っていられないほどに弱かったから、守るために作ってくれた優しいガラスの壁だ。

「ギルバート様。私……エミーリア様の、力になりたいのです」

これまで通りでいては、ソフィアはエミーリアの話し相手であるというだけの存在だ。それでもエミーリアは喜んでくれるだろう。

ソフィアが望んでいるのは、もう一歩踏み出したその先だった。

ソフィアが見ていなかった辛《つら》いことや悲しいことがたくさんあると知って、強いと思っていた人でも傷付いていることを知って。自分もその人の力になりたいと、思うようになった。

「エミーリア様は友人だから、辛いことがあるのなら、助けたいです……！」

初めての夜会で緊張していたときに、優しく笑いかけてくれた。

怖くて寂しかったときに、側にいてくれた。

理不尽なことに怒ってくれて、いつだってソフィアに優しかった。

王城で暮らしているエミーリアは、様々な人の欲望や悪意にも触れているのだろう。当然危害を加えられないように近衛騎士によって守られてはいるが、それでも防ぐことができないものはたくさんある。

「──私は、エミーリア様とギルバート様の力になれるのなら、何だってします」

ソフィアだけは傷付かないまま、知らないところで解決されるのは嫌だった。

知らぬ間に指が震えていて、ギルバートに気付かれないように手を握る力を強めて誤魔化す。

それまで黙っていたギルバートが、ソフィアの些細《ささい》な動きに気付いて髪を撫でた。注意を引きつけようとするかのように、その指先が柔らかな毛先を弄ぶ。

甘やかされているようでいたたまれない気持ちになるが、同時に胸がどうしようもなく温かくなっていく。相反する種類の感情に迷ったソフィアは、顔を上げ、答えを探すようにギルバートの瞳を見つめた。

いつだって藍晶石の瞳は、ソフィアを導いてくれる。

「――私にとっても、殿下は友人だ」

ギルバートの瞳には少しの偽りも浮かんでいない。

そこにあるのは、マティアスへの友情と、ソフィアへの想《おも》いだけだった。

その気持ちはソフィアと同じだ。

「殿下と妃殿下には、笑っていてほしい」

硬い手の平が、頬に触れる。

「ソフィアもこんな状況では、晴れやかに笑ってはくれないだろう」

「申し訳ございません……」

「いや、当然だ」

謝罪をしたソフィアに、ギルバートが必要ないと僅かに口角を上げて言う。

「ソフィアも同じ気持ちでいてくれることが嬉しい」

それはソフィアの台詞《せりふ》だった。

ギルバートがソフィアと同じ気持ちでいてくれることが、嬉しくて、心強くて仕方ない。繋いだこの手があれば大丈夫だという根拠のない安心感が、ソフィアの震えを消していく。

「共に戦ってほしい。領地で妃殿下の側にいるのはソフィアだから」

「はい……っ！」

しっかりと頷いたソフィアの心には、もう、不安はなかった。

3章　令嬢と黒騎士様は『白』に触れる

王都を出発して二週間で、ソフィア達一行はアーベライン辺境伯の領主館が見える距離までやってきた。

エミーリアが言っていた通り、領地に入った途端に雪は多くなり、国境まで一キロほどの位置にある領主館に辿《たど》り着く頃には、馬車の窓から見える景色もすっかり白くなっていた。

「もうすぐ着くわ。ほら、あそこが実家よ」

エミーリアに言われて、ソフィアは真っ白な景色の先に見える大きな建物に視線を移した。

石造りの四角い城壁に、防衛のための塔が突き出して等間隔に並んでいる。城壁で囲まれた中央に見える邸《やしき》は居住地であろう。しっかりとした印象で、大きな城であるにも拘《かかわ》らず、無骨で堅実な印象を受けた。

「社交シーズンだから兄達は王都だけれど、両親はここにいるのよ」

「大きいですね……！」

思わず感嘆の声を上げたソフィアに続いて、カリーナ達も視線を外に移す。カリーナはその荘厳な佇《たたず》まいに息を呑《の》んで、目を丸くして城壁を見つめていた。

「ふふ、大きいのは城壁だけよ。居住地はタウンハウスと大して変わらないわ」

ソフィアが知っている貴族の邸はそう多くない。貧しかったレーニシュ男爵邸と、元婚約者のアルベルトの邸、そしてフォルスター侯爵邸だ。社交のために招かれた邸もあるが、どれもタウンハウスだった。

そのどれとも異なるアーベライン辺境伯のマナーハウスは、ソフィアが初めて見る要塞建築の建物だった。

エミーリアを狙っているという黒幕も、こんな領主館を見たら帰っていってしまうのではないだろうかとまで思う。それくらい、圧倒的な存在感だ。

「領軍の寮も訓練場もこの中にあるわ。後で案内するわね」

「ありがとうございます。でも、着いたらまず少し休みましょう」

順調な旅ではあったが、それでもエミーリアの身体《からだ》には負担もあったはずだ。心配して言ったソフィアに、エミーリアはふわりと笑った。

「大丈夫よ。勿論《もちろん》、ゆっくり過ごそうとは思っているけれど……でも、まだお腹《なか》も小さいからかしら。たまに少し気分が悪くなるくらいで、大きな不調はないのよ」

「そういうものなのでしょうか……？」

ソフィアは身近に妊婦がいたことがない。ただ、何となく身体が重くなったり、気分が悪くなるものだという程度の知識だけしか持っていなかった。

それでも、無理をしてはいけないことは分かる。揺れが少ない馬車でも疲労は感じるものだろう。

ソフィアの心配を感じ取ったらしいエミーリアが、眉を下げて微笑《ほほえ》んだ。

「きっとそうよ。でも、ありがとう。今日は休ませてもらうから、案内は明日にしましょう」

「はい」

ソフィアが頷《うなず》いたところで、馬車がアーベライン辺境伯邸の正門をくぐった。

堅牢《けんろう》な印象の石壁を抜けて中に入る。貴族の邸らしい前庭はなく、玄関までの道は生垣があるだけだった。

馬車が正面玄関前でゆっくりと停止する。

扉が開かれた先では、高齢の執事が穏やかに微笑んでいた。

「お嬢様、お帰りなさいませ。お客様もようこそいらっしゃいました」

肩より長い白髪をリボンで一つに束ねている執事は、恭しく一礼した。馬車から降りようとしたエミーリアに、自然に手を差し出す。

「ただいま、ドミニク」

ドミニクと呼ばれた執事は、喜びを隠しきれていないはにかんだ顔で眉を下げた。

「帰っていらっしゃるのなら、もっと早く連絡をくださいませ」

「ごめんなさい。今回は、ちょっと事情があったのよ」

エミーリアが実家に帰省する手紙を書いたのは二日前のことだった。

王城で書いては、魔法が使える誰かに覗《のぞ》かれてしまうかもしれない。あまり遠い距離では、どこかで誰かに開けられてしまうかもしれない。

最悪の事態を想定していたエミーリアは、領地の隣町でようやく手紙を使用人に託したのだ。ここまで来ていれば、誰かに見られてしまっても大丈夫だろう、と。

「……仕方のない方ですね。旦那様が応接間でお待ちですよ」

「分かったわ。ソフィアちゃんと侯爵は一緒に来て。ファニもよ。——ドミニク、第二小隊の皆様にお菓子と紅茶を出してあげて」

「かしこまりました。お嬢様は応接間へ。——長旅お疲れ様でございました。この邸の中は安全ですから、第二小隊の皆様もどうぞサロンへいらしてください」

「侯爵とソフィアちゃんはこっちよ」

エミーリアとファニが、ソフィアとギルバートの前を歩いて案内してくれる。応接間は階段を挟んでサロンの反対側にあった。

エミーリアが扉を手ずから軽く叩《たた》く。

「お父様、よろしいかしら」

「入りなさい」

すぐに男性らしい太い声が返ってくる。アーベライン辺境伯の声だろう。

扉を開けると、熊のように背が高く身体も大きな男性と、ほっそりとした美貌の女性が並んで立っていた。

「エミーリア、よく帰ってきたね」

「ええ、本当に。素敵なお友達も一緒だなんて嬉《うれ》しいわ」

二人とも、ソフィア達を歓迎していることが伝わってくる穏やかな微笑みを浮かべていた。

エミーリアが我が家らしい気楽さで二人を紹介する。

「ただいま。こちら、フォルスター侯爵と、その奥方のソフィアちゃんよ」

ギルバートが騎士の礼をして、口を開く。

「フォルスター侯爵ギルバートです。本日は第二小隊の受け入れをお認めいただき、ありがとうございました」

ギルバートは近衛騎士団第二小隊副隊長として挨拶をしている。ソフィアはエミーリアの友人としての招待だが、ギルバートは任務としてここに来ているのだ。

「こちらこそ、ここまでの護衛をありがとうございます」

腰を折って頭を下げた辺境伯は、すぐに身体を起こしてしっかりとした姿勢に戻る。

エミーリアに招待されて客人としてやってきたのはソフィアだけだ。今度は自分の番だと、ソフィアはドレスの裾を軽く摘まんで、貴族夫人らしく優雅に膝を折った。

「急にお邪魔してしまい、申し訳ございません。ソフィア・フォルスターと申します。どうぞよろしくお願いいたします」

ソフィアが姿勢を直したところで、エミーリアが安心させるようにソフィアの手に触れてくる。

「あら、ソフィアちゃんが謝ることはないのよ。私が無理に呼んだのだもの」

「ですが……」

それでも、先程正面玄関で聞いた話では、ここにソフィア達がやってくるとエミーリアが手紙を出したのが二日前だ。この邸の人達からしたら、急な来客で迷惑をかけてしまっただろう。

ソフィアも女主人として実務を任されるようになってから、こういったことに気付いてしまうようになった。

しかし心配するソフィアに反し、辺境伯夫人は口角を上げた。

「本当に、可愛《かわい》らしい子ね」

「そうでしょう？　可愛いだけじゃなくて、とても良い子なのよ」

何故《なぜ》かエミーリアが自信満々の声で言う。

辺境伯夫人は一瞬俯《うつむ》いた後、今までよりもにこにことした笑顔でソフィアを見つめた。瞳に浮かんでいるのは、ソフィアに対する疑問のようだ。

何を言われるのだろうと身構えたソフィアは、その後の問いかけに思わず首を傾《かし》げた。

「――……ソフィアさんは、剣を握られるのかしら？」

剣を握る。

それを聞かれたのは初めてだ。

ちなみに、ソフィアはこれまでに一度も剣を握ったことはない。ただでさえ身体を動かすことに慣れていないのだ。正直、剣を構えることができるかどうかすら怪しい。

「いえ、そういったことはあまり得意ではなくて……」

「そう。では、ご趣味は？」

ソフィアは驚きを隠しきれなかった。

これはどういうことだろう。

社交界などで趣味を聞かれることはよくあるが、それにしてもこの場で聞かれることには違和感がある。まして、趣味よりも先に剣が扱えるかどうかなんて。

しかし答えることができないような質問というわけでもない。

「裁縫をよくしています。特に刺繍が――」

「まあぁまあぁあ！　素敵な奥様じゃないの。エミーリア、貴女《あなた》もそういうこともやってみたらどう？」

急に上機嫌になった辺境伯夫人は、その勢いのままエミーリアに詰め寄った。

エミーリアが嫌そうに眉間に皺《しわ》を寄せる。

「今はそういう話は良いじゃないの。大体、お母様だって剣を持つじゃない」

「私は辺境伯夫人だから当然です。貴女は結婚したら落ち着くかしらと思っていたのよ。それが、相変わらずどころか――」

「もうっ、良いのよ！」

エミーリアの口ぶりからして、辺境伯夫人はエミーリアに刺繍や淑《しと》やかなことをさせたいのかもしれない。しかし夫人自身が、剣を嗜《たしな》んでもいるようだ。

エミーリアが強いことは以前マティアスとの馴《な》れ初《そ》め話を聞いて知っていた。

現役の近衛騎士であるファニと幼少期に打ち合いをしていたとも話していたから、きっと剣でも強いのだろうなどと考えていたソフィアは、辺境伯夫人に視線を向けられていることに気付いて意識を引き戻した。

舌戦はいつの間にか終わっていたようだ。

エミーリアが茶を飲んで小さく息を吐く。

「……騒がしくてごめんなさいね。ソフィアちゃんと侯爵には隣同士で客間を用意したから、好きに使ってちょうだい。第二小隊には領軍の寮に部屋を用意しているわ。念のため、そちらにも侯爵の部屋は用意させておくわね」

「お気遣いありがとうございます」

「いいえ、我儘《わがまま》を言ったのは私の方だもの」

エミーリアの言葉に、ギルバートが首を振る。

「私からも頼みがあります。事前にお伝えできずに申し訳ございませんが、こちらにある移動装置の使用許可をいただきたく」

ギルバートが懐にしまっていた手紙を取り出した。アーベライン辺境伯がそれを受け取り、おもむろに手をかざす。封筒が光って、中から便箋が出てきた。

辺境伯はすぐに便箋に目を落とし、一読して顔を上げる。

「……間違いなく殿下からのようですね。分かりました。ああ、ドミニクに言って鍵を持ってくるように伝えてくれ」

指示をされた使用人が一礼して部屋を出て行く。

アーベライン辺境伯は便箋を封筒に戻し、上着のポケットに入れた。

「エミーリア、妊娠おめでとう。めでたいことだが、しばらくはあまり無茶な運動は控えなさい」

「そうよ。ファニちゃん、相変わらずでごめんなさいね。この子のこと、見張っててくれると嬉しいわ」

二人の言い方は散々だが、エミーリアとも心が繋《つな》がっていて穏やかなのだと分かるものだった。

「そこは『守って』ではないかしら」

エミーリアがわざとらしく口をとがらせると、ファニが小さく吹き出す。

「──かしこまりました。しっかり見張っております」

「ファニまで……もう……」

エミーリアが眉を下げて、困ったように笑った。

移動装置が置かれている部屋の鍵をギルバートが受け取ってすぐ、ソフィア達は客間に案内された。エミーリアも侍女達に囲まれて自室へ向かっていたから、きっと今頃は旧知の侍女達に世話を焼かれているのだろう。

ギルバートは簡単に荷物を確認してすぐに、第二小隊に合流しに行った。

ソフィアはカリーナとサラとアメリーの三人と共に、与えられた客間に残された。

部屋にはいくつものトランクが積まれている。道中に使うために慌てて詰めた日用品と服が、荷物の大部分を占めていた。

「早速荷解きしちゃうわね」

「うん、ありがとう」

ソフィアが頷くと、カリーナ達がトランクに手をかけながら笑う。

「外観の無骨さからは想像できないくらい、可愛らしいお部屋ですね」

アメリーが感激したように言った。

確かに客室の調度はとても愛らしいものだった。

明るい色の木で作られたテーブルと椅子と寝台。リネン類は全て繊細で愛らしいレースがあしらわれている。布は白と薄い水色で統一されており、絨毯《じゅうたん》のアイボリーがより全体の雰囲気を甘く纏《まと》めていた。落ち着いた印象ながら、可愛らしい。

ソフィアは部屋を見回して微笑む。

「本当ね。きっと、短い期間で調度を選んでくださったのだと思うわ。後で夫人にお礼を伝えないと」

一般的にこういった貴族の邸の客間は、どんな人にも不快感を与えないような特徴のない調度で揃《そろ》えられていることが多い。

しかし、事前に来客が誰だか分かっている場合には別だった。

相手の好みを調べて、興味を持ちそうな本を置いたり、リネン類を変えておいたりというような細やかな気遣いをして、客人を歓迎していることを示すのだ。

きっとアーベライン辺境伯夫人は、エミーリアからの手紙を受け取ってすぐに、ソフィアのことを考えて部屋を用意してくれたのだろう。

「最近ではこういったことをなさる女主人も減ってきたと聞いておりますから、夫人はよく目を配れる方なのでしょうね」

アメリーの言葉に頷いて、ソフィアは休憩用のソファーに腰を下ろした。

ソフィアはエミーリアの話し相手としてここまで来たが、ギルバートはそうではない。第二小隊として、エミーリアの護衛のために来た。

任務はそればかりではなく、移動装置を使って王都と行き来をしながら別の事件の調査も続けているようだ。その事件がソフィアとの新婚旅行で起こった竜の襲撃事件だということを、ソフィアはギルバートに言われるまでもなく予想していた。

「ギルバート様は、王都とこちらを行き来されるのね。……お忙しくされているけれど、大丈夫かしら」

「王太子妃殿下を狙う者がいるのでは仕方がないことでございますね。奥様は、こちらでの生活を楽しんでいるのがよろしいと思いますよ」

アメリーが言う。

ソフィアは僅かに視線を下げた。

「……でも」

迷ったソフィアの側《そば》に寄って、果実水を注いでくれたのはカリーナだ。

「そうよ、ソフィア。お買い物も行きたいし、市場もあるらしいわ。妃殿下の気晴らしのためにも、一緒に見に行きましょう」

「市場！　私も行きたいです」

市場という言葉に真っ先に反応したのはサラだ。

「旅先の市場って、その土地ならではのものがたくさんあるんですよ。奥様も興味がおありでしたら、私を連れて行ってほしいです！」

「ええ、そうね」

ソフィアは無邪気なサラの言葉に笑顔で頷いた。

「でもその前に」

そんな賑《にぎ》やかな会話を遮ったのはカリーナだ。

「カリーナ？」

首を傾げたソフィアに、カリーナがどこか呆《あき》れたように笑う。

「馬車の中と宿で二週間も過ごしていたんだから、ソフィアも疲れたでしょう。その果実水を飲んだら休憩すると良いわ。散歩がしたいなら、許可を貰《もら》ってくるけれど」

そういえば、ソフィアは今日まで馬車の中にいたのだ。いくら魔道具を利用した快適な馬車であったとはいえ、どうしても身体は固まってしまっている。

一度気付いてしまうと、両手両足を伸ばして横になりたいという願望が湧き上がってきた。

「今日は良いかな。明日、案内してくださるって仰《おっしゃ》っていたし。それよりもし余裕があれば、皆も邸の中を見てきたり、休憩したりしたら良いと思うわ」

「それもそうですね。これが終わったら見に行ってみます。カリーナとサラもよ」

アメリーがドレスを衣装棚にしまいながら言う。

「はい」

素直に頷いたカリーナに対し、あまり興味なさそうにしていたサラが驚いたように目を見張る。

「えっ、私も行くんですか？」

カリーナがわざとらしく小さな溜息《ためいき》を吐《つ》いた。

「そうよ。サラは地図を覚えるのは苦手かもしれないけれど、今回は事件も絡んでいるって聞いているし。ちゃんと覚えておいた方が良いわ」

「それはそうですね……頑張ります！」

サラがぐっと拳を握ってみせる。

サラはフォルスター侯爵邸の中でも、たまに迷子になっている。道が分からないだけならばまだ良いが、稀《まれ》に小さな怪我《けが》をして戻ってくることもあった。本人曰《いわ》く、道を覚えるのがとても苦手らしい。

その愛らしい仕草にソフィアは笑って、背もたれにゆっくりと身体を預けた。

◇　◇　◇

ギルバートは第二小隊の者達と共にアーベライン辺境伯邸内の確認をし、食事を済ませてすぐに移動装置で王城に戻った。

移動装置には、ギルバートと辺境伯家以外の者が使えないよう、しっかり鍵もかけてある。この鍵は普通の鍵ではなく、鍵穴に触れた瞬間に鍵を持っている者の魔力を吸い、使用者を記録するように作られている。無関係の者が不用意に使うことはないだろう。

ギルバートはこの二週間、魔法騎士として魔獣討伐に行っていたことになっている。エミーリアの旅程が外部に漏れないようにするためにマティアスがでっち上げた適当な嘘《うそ》だったが、違和感を覚える者はいなかったようだ。

王太子執務室では、マティアスがとても王太子だとは思えないほどに肩を落として、書類の山を少しずつ削っていた。

ギルバートの入室に気付いて上げた顔にはうっすらと隈《くま》が浮かんでいる。

「――ご苦労様。それで、エミーリアは」

「無事領地に着いて、自室で休まれたところです。体調に変化はありませんが、しばらくは邸の中で過ごすと聞いています」

ギルバートが言うと、マティアスは安心したように両手を組んでぐっと両腕を伸ばした。

「そうか……良かった。――お義父君《ちちぎみ》は何か言っていた?」

「いえ、特別なことは何も」

「だよね、ありがとう」

マティアスはそう言って、深く嘆息した。
「何か気になることがおありですか？」
ギルバートはらしくもなく狼狽《ろうばい》した様子のマティアスに疑問を抱いた。
今回の件は、エミーリアの身辺に危険があるが故の措置としてマティアスも納得していた。そして
エミーリアも、マティアスに対する怒りの感情だけで行動しているわけではない。
しかしマティアスは、やはり落ち着かない様子で首を振る。
「いや……お義父君はエミーリアを溺愛しているから、私とエミーリアの喧嘩《けんか》の話を聞いたら、修復
不可能なくらい怒られるんじゃないかと思ってね」
ギルバートはやっとマティアスの振る舞いに納得した。
思い出すのは、つい先程アーベライン辺境伯邸の食堂で聞いてきた言葉だ。
「その件でしたら、夕食のときに声を荒げていました。公私混同はしない人のようで、移動装置は予
定通り使わせてもらえましたが」
ギルバートが淡々と答える。
夕食のとき、領主館の本館の食堂には、エミーリアの両親とエミーリア、そしてギルバートとソ
フィアがテーブルを囲んで座った。
第二小隊の者達は本館の食堂に集まるわけにもいかず、領軍の者達が使う寮の食堂で食事をしてい
た。念のため不満がないか確認したが、辺境伯一家と共にテーブルを囲むよりも気兼ねないので助か
るということだった。
本館の食堂で、エミーリアは両親に愚痴を言う感覚で、マティアスに妊娠を報告したときのことを

伝えていた。当然だが、アーベライン辺境伯はマティアスに対して怒っていた。

「うん、後の流れは聞かなくても分かるよ。最後は『子供がいても構わないから戻ってきたらどうか』だろう？」

「……よくお分かりですね」

「前に似たようなことを言われたからね。私の方はエミーリアを手放すつもりなど全くないから、言われても困るんだけど」

ギルバートはマティアスの言葉に苦笑する。

「それでしたら、一度謝罪をしに行かれてもよろしいかと」

アーベライン辺境伯邸は移動装置を使えばすぐだ。王太子が気軽に移動装置を使うことはあまり推奨されないが、それでもアウレ島に来たときには使っていた。

突然消えてしまったら騒ぎになってしまうため事前に根回しは必要だろうが、不可能ではない。

しかしマティアスは、一瞬瞳を揺らしただけで笑顔を作った。

「……今は良いよ」

こうなるとマティアスは頑固なのだ。出会ったときからずっと、個人的な決意を曲げたことがない。

ギルバートは、それ以上マティアスを追及する気にも溜息を吐く気にもなれずに、目を伏せた。

「──ギルバートはしばらく向こうで過ごして。三日後、予定通りに魔獣研究所に視察名目で調査に行くから、よろしく頼むよ」

「かしこまりました」

国営の魔獣研究所。

その存在がきな臭くなったのは、アウレ島を襲った七頭の竜が理由だった。その足の裏に刻まれた番号が、研究所で魔獣を管理するために使用している識別番号に酷似していたのだ。

第二小隊で直接調査に行きたいが、それが黒幕に知られて証拠を隠蔽されてしまっては困る。そのため、マティアスが近くに視察に行ったついでに立ち寄ったことにしようと決めた。

ギルバートは研究所の所長と面識がないため、髪の色と制服を変え、気付かれないようにして同行するのだ。

本来であれば違法な捜査方法になるのだが、今回は王太子妃であるエミーリアが狙われたことと、国営の施設が疑わしいという特殊な事情により、国王からも許可が下りている。

ただし、最後まで決してそれが表に漏れてはならないという条件付きだが。

「では私は戻ります」

「もう戻るのか？　今日はこちらで過ごしても構わないが」

マティアスが首を傾げた。

近衛騎士団には専用の仮眠室がある。マティアスはわざわざアーベライン辺境伯邸に戻らなくても、そこで休んでいけば良いと思っているのだろう。

しかしギルバートは、それが当然だというように首を振った。

「いえ。……妻があちらにおりますから、戻れるときは戻ります」

ソフィアはアーベライン辺境伯邸で、与えられた客間で過ごしている。窓の外はすっかり暗くなっているが、可能ならばギルバートはソフィアを抱き締めて眠りたかった。

「私はエミーリアに会うのを我慢しているのに、ずるいね」

「それは殿下の自業自得でもあるかと」

ギルバートはソフィアを持てる精一杯で愛しているつもりだ。ソフィアも、ギルバートを気遣ってくれ、たまに甘えてくれるときなどはどうしようもなく可愛い。

互いに完全に理解することはできないからと、言葉で伝えることを疎かにはしないようにしている。

マティアスは、それを言われては仕方がないと苦笑した。

「……エミーリアのこと、頼んだよ」

「かしこまりました」

ギルバートは最後に深く頭を下げ、マティアスに背を向けた。


アーベライン辺境伯邸に戻ったギルバートは、自室で寝支度を整えた。

今からソフィアの部屋に行ったら、困らせてしまうだろうか。

普段であれば眠っている時間だ。まして今日まで旅をしていて、ソフィアも落ち着いて眠れていなかった。

このまま自分の部屋で眠ってしまうべきだろう。

そう思ったが、心の中に小さな空白があるように感じて、落ち着かなかった。

「……眠っていれば戻れば良い」

ギルバートはそう独りごちて、部屋を出た。

隣の客間の扉を、小さく叩く。それはもし中にいるソフィアが眠っていたならば、気付かないくらいの小さな音だ。

返事がなければ、このまま自室に戻ろう。

そう思っていたギルバートだったが、少しして、中からぱたぱたと軽い足音が聞こえてきた。

聞いただけでも、気が急《せ》いている者の足音だと分かる。

そういった訓練ならこれまでに何度もやってきたし、任務でも使ってきた能力だ。しかしまさか、その察知力でこんなにも嬉しい気持ちになることがあるなど、考えたこともなかった。

ソフィアはギルバートの帰りを待ってくれていて、今、こうして早足で扉に近付いてきている。それを理解した瞬間、ギルバートはどうしようもなく頬が緩んだ。

今、自分はどんな表情をしているのだろう。

分からないまま、それでも内側からドアノブが回される。

心の準備ができていなかったギルバートは、扉が開いた瞬間、愛《いと》しいソフィアを両腕の中に閉じ込めていた。

「わ……っ。ギ、ギルバート様⁉」

ソフィアが驚きの声を上げる。

夜着一枚だけでは、廊下は寒い。無防備な格好で出てきたソフィアを少しでも冷やさないようにと、ギルバートは抱く腕の力を強めた。

「ただいま、ソフィア。起きていてくれてありがとう」

心の空白にぴったりと嵌《は》まった何かが、ギルバートを満たしていった。

三日後、ギルバートは予定通りマティアスと共に王都の隣領の視察に向かった。

名目は越冬のための備蓄の確認だ。隣領は前の当主の代で処理を誤り、備蓄を詐欺師に持ち出されてしまったことがある。こうしてこの時期に確認に行くことにも、周囲から怪しまれることはないだろう。

国営の魔獣研究所とはいえ、王族がわざわざ視察に来ることはほとんどない。だが、帰路の途中に魔獣研究所があるからと立ち寄ることには、何の違和感もない。

マティアスはギルバート以外にも護衛を三人つけているが、その中に第二小隊の者はギルバート以外には一人、トビアスだけだ。残りの二人は魔法騎士と特務部隊から一人ずつ同行してもらっている。ギルバートを含め、魔法騎士はそうと分からないよう一般の近衛騎士と同色の制服を着ていた。

王都の外れにある魔獣研究所は、周囲を森に囲まれた大きな施設だ。魔獣を扱う施設だからと、万一事故が起こっても周囲に被害を出さないように森の中に作られたのだという。

少し前に連絡を入れていたため、所長のエルマーは魔獣研究所の前に立って、マティアス達がやってくるのを待っていた。

こちらを出迎える姿からは、本当に来たという驚きの感情が透けて見えている。

「――よ、ようこそお越しくださいましたっ！」

見るからに緊張していて、身体中に力が入っていることが分かる。初老の男性だが、どうやらこれまで王太子等の権力者に触れる機会は少なかったようだ。

「急なことで手間をかける。だが、ちょうど近くを通りかかったものだから。以前提出してくれた論文が見事だったから、直接話を聞きたくてね」

「ありがとうございます。殿下がお読みくださったのですか……？」

「ああ。特に『魔獣飼育における諸問題の考察』については議論の余地があるように感じているよ」

マティアスの言葉を聞いたエルマーは、次の瞬間にはそれまでが嘘のようにぱあっと顔を明るくした。この男も国営研究所に勤める者達の例に漏れず、研究馬鹿であるらしい。

「殿下はお分かりくださいましたか！　そうなのです。一部の貴族やものを知らない平民は、気軽に小型の魔獣を持ち帰ろうとするのです。あの論文では、あえて法的な根拠には触れず、純粋に可能か不可能かだけで論じさせていただきました」

「そうだね。その視点が斬新だったんだ。どうしても魔獣研究を軸とした活動をしていない者が書いた論文には、法の存在が強すぎる。所長は本当によく考え、魔獣と向き合っているのだと感銘を受けたよ」

「こ、光栄です！」

エルマーは頬を上気させてマティアスに見蕩《みと》れた。

きっと、自分の研究を認めてもらえたことが嬉しくて仕方がないのだろう。

「飼育についてもそうだが、実験がとても丁寧に行われていることにも驚いた。良ければ、研究者視点で話を聞かせてくれるかい？」

「はい、喜んで……！　どうぞ応接室の用意ができておりますので」

迷う様子もなく頷いたエルマーに、研究所内に入れてもらう。

「──ああ、騎士は一人だけ一緒に来させるよ。全員入ったら、応接室が息苦しくなってしまうだろう？　残りの騎士達には施設の点検と見学をさせておくから」

「それでしたら職員をおつけしましょうか？」

エルマーの提案に、マティアスは首を振る。

「点検と言っても形式的なものだよ。それに、実験中の物には絶対に触らせないから」

「それでしたら……」

エルマーが少し不安げにしている。

マティアスが数歩下がって、研究所の全景を見ようと顔を上げる。

その隙に、ギルバートはまるでマティアスに気付かれないようにするふりをして、立ち位置を変えた。自然と距離が近くなったエルマーにそっと耳打ちをする。

「分からないことがあれば職員に聞きますので、どうか殿下のお相手をお願いいたします。……殿下はエルマー殿とお話しできるのを楽しみにされておりました」

ギルバートは、うっかり触れてしまったというように、肩に手を置いた。

「わ、分かりました……！　殿下、どうぞ応接室にお越しください」

エルマーはすぐにマティアスを応接室へと連れて行く。マティアスの護衛にはトビアスがついていき、残されたのはギルバートともう一人の魔法騎士、そして特務部隊の騎士だけだ。

周囲に人気《ひとけ》がなくなったことを確認した特務部隊の騎士が口を開く。

「――何か見えましたか」

「はい。……少なくともエルマー殿は、積極的に事件には関与していません。誰かに利用されている可能性はゼロではありませんが」

エルマーに触れて見えた光景は、マティアスがやってくると分かったときのことが中心だった。

マティアスが来ると連絡を受けて真っ先にエルマーがしたことは、滅多に使わない応接室の埃《ほこり》落としだった。人の出入りが多い場所は清掃員を入れているようだが、この場所は来客が少ないためか、応接室のような部屋は鍵をかけたまま放置していたらしい。

そんな人間が不正をしていることはまずないと考えて良い。

ギルバートが根拠となる情報を口にすると、皆一様に黙ってしまった。

仕方がないと、また話を続ける。

「所長は研究熱心で善良な人間のようです。疑わしいのはその他の職員と、出入りが自由な者に限られます。予定通り二手に分かれて回りますが、よろしいですか」

魔獣がたくさん飼育され管理されている施設だからこそ、何かがあったときに頼りになるのは魔法騎士だ。予定では、ギルバートは単身で、もう一人の魔法騎士と特務部隊の騎士が二人で中を回ることになっている。

二人は頷いて、早速開かれた扉を抜けて研究所の中へと入っていった。

ギルバートも少ししてから入り口の扉をくぐる。

ギルバートの任務は、できるだけ多くの者に触れ、情報を引き出すことだ。

どうせ黒幕はここにはいないだろう。見つけるべきは犯人に繋がる細い糸の端だ。

魔獣研究所は楕円《だえん》形の建物だ。楕円の辺に沿って研究棟が並んでおり、仮眠室や応接室、事務室もこちらにある。内側はドーム状の屋根がついている飼育棟で、捕らえた魔獣達が飼育され管理されている。

先に入った二人は、研究棟から調べているはずだ。

ギルバートは飼育棟の頑丈な二重扉を抜け、中へと入った。

「これは……」

ギルバートは思わず感嘆の声を上げる。

飼育棟はひと続きの空間だが、特殊な加工がされたガラス製の壁によってケーキを切るように四分割されていた。それぞれの空間で、異なる気候環境が形成されている。

最初に入る空間が王都付近の気候であるのは、研究員が怪我をしないための配慮だろう。まるで植物園の中のように、緑豊かな場所だった。そこにいくつもの檻《おり》やガラスケースが設置され、魔獣の特性に合わせて入れられている。

確認すると、確かに魔獣の足や耳には魔獣識別のための番号が刻まれていた。ギルバートがアウレ島で見たものと同じもののように見える。

何も入っていない檻があるのは、これから捕獲した魔獣を入れるためだろう。

残りの部屋は、寒冷地帯と灼熱《しゃくねつ》地帯、そして水中のだった。安全対策が必要な場所には身を守るための魔道具が置かれており、丁寧な作りに感心させられる。

おそらく何らかの証拠が出てくるのは研究棟の方だろう。そう思いながらも、ギルバートは魔法を使って隅々まで調査する。少なくともこの場所の魔獣の管理は適正に行われているようだ。

次にギルバートは研究棟に移動して、二階の端から調査をしていくことにした。

魔獣研究所で働いている者は皆研究熱心なようで、ギルバート達の来訪を知っていても興味はなさそうだった。ギルバートは自分にも心当たりがある感情に内心で共感しながら、順番に部屋を回っていく。

ようやく手掛かりを見つけた場所は、事務書類の保管庫だった。そこにあったのは、処分された魔獣の一覧だ。

処分といっても、寿命で死んでしまって埋葬する場合、何らかの理由によって殺処分する場合、そして住んでいた土地に還す場合の三種類があるらしい。住んでいた土地までの運搬には、魔道具の檻を使用することになっているようだ。

一覧には、魔獣の種類、識別番号、処分方法、処分理由が書かれている。

「……この番号で間違いない」

昨年住んでいた土地に還されたと記録された雷竜の識別番号が、ギルバートがアウレ島で戦った雷竜の足の裏にあった番号と一致していた。

処分理由は、竜種の長期飼育が生態系に与える影響を危惧したためとなっている。

大型の魔獣を飼育することには、それだけリスクが伴う。処分理由自体は普通のものだ。

「何故、竜達はアウレ島を目指したのか」

もしこの記録通りに住んでいた土地に還したのだとすれば、七頭もの竜があのように一か所に集まった理由が説明できない。

ならば、おそらく還されていなかったのだ。

処分予定の魔獣を、頼んでいた業者に途中から指定の場所に運搬させる。特に住んでいた土地に還す魔獣であれば、確かに還したかどうかを判断することは難しい。

まして事務員は研究には詳しくない。書類さえ偽造してしまえば、そう難しいことでもなかっただろう。

ギルバートは念のため、持っていた紙に一覧の内容を書き写した。頭数がそう多くなかったこともあり、十五分ほどで数年分の記録を写すことができた。奇《く》しくもその中には、七頭以上の竜がいる。

「……持ち帰って検討する必要がありそうだ」

ギルバートが記録した紙を懐にしまって扉に手をかけようとしたとき、外側から扉のノブが回された。ギルバートが距離を取ってすぐに、扉が開く。

そこにいたのは分かれて調査をしていた騎士達だった。

誰に聞かれているかも分からないため言葉を発することも躊躇《ためら》われ、ギルバートは視線で二人に問いかける。

特務部隊の騎士が、何も見つかっていないと示すように首を左右に振る。問い返されたギルバートは、懐に手を当てて一度頷いた。

それから、聞かれても困らない会話を意識して口を開く。

「殿下はどうしていますか」

「先程様子を窺《うかが》いましたが、相変わらずエルマー殿と話しているようです。私は魔獣関係は詳しくありませんが、殿下の言っていた研究はそんなにすごいものなんでしょうか」

特務部隊の騎士の問いに、魔法騎士が答える。

「それはそうです。常識として、皆、魔獣を飼育しようなんて考えるのは馬鹿だけだと思ってたんですよ。普通に考えて危険ですから。それを真剣に専門家が研究したとなれば、話題性は抜群でしょう」

見た目には可愛らしくても、人間を攻撃したり火を吐いたりする魔獣はいくらでもいる。魔獣には詳しくないと言った特務部隊の騎士は、その話に何度も頷いていた。

そこで、ギルバートははっとした。

「……所長の研究、『魔獣飼育における諸問題の考察』でしたか」

「は、はい」

「研究資料の保管庫はもう見てきましたか」

「はい。ですが、特に怪しい部分は──」

ギルバートは魔法騎士の言葉を切って、眉間に皺を寄せた。

「連れて行ってください」

尋常ではない様子に、二人は慌ててギルバートを案内して移動する。

壁一面の書棚に束ねられた紙が整然と並んでいる。所々に置かれているのは、竜の鱗《うろこ》や魔獣の毛のような研究資料だ。

確かに見た目にだけは、何の違和感もない。

ギルバートは無言のまま部屋の扉を閉めて、外に漏れない程度の小声で説明を始めた。

「研究は、実験によって明らかになった情報を纏《まと》め、考察することで成立します。そのため、発表に必要ではない実験や社会に混乱を引き起こす可能性が高い情報は、あえて論文には書かれないこともあります」

特に王城に提出する研究論文は、誰でも図書館で閲覧できるようになるため、細心の注意が必要だと言われている。

「――……ということは」

「……はい。とにかく、所長の研究資料を探しましょう」

エルマーの論文に使われなかった資料こそ、事件の手掛かりとなるかもしれない。論文には使わなかった資料や実験結果であっても、万一検証を求められたときのために捨てずに取っておくのが一般的だ。きっとまだここにあるだろう。

処分されるはずが横流しされたらしい、アウレ島襲撃に利用された七頭の竜。彼等は迷うことなく、まっすぐにアウレ島を目指して飛んできていた。

エルマーの研究論文はギルバートも読んでいるが、結論は、普通の邸で人間が魔獣を寿命まで飼い続けることは不可能である、というものだった。しかしその結論に至るまで、様々な実験や調査を重ねていることが分かる出来の良い論文だった。

だからこそ、それは調べるべきだ。

そう信じて棚を端から探していたギルバートは、大きめの箱に纏めて入れられている目当ての資料を見つけて安堵《あんど》の溜息を零《こぼ》した。

「ありました」

「――おお……ありがとうございます」

「ありましたか！　……早速見てみましょう」

箱の中には、几帳面《きちょうめん》に資料や論文、執筆時のメモ帳までも紐綴《ひもと》じにされてしまわれている。

そこに書かれていた内容に、ギルバートは困惑せずにはいられなかった。

論文に記載されることがなかった内容は三点だ。

魔獣に特定の者の指示を聞くように調教する方法があること。

魔獣は魔力の無い動物を食料と認識していること。

魔獣が人間に攻撃してくるのは自分の生活を脅かす者だと認識しているからであること。

「これでは、意図して躾《しつ》けた魔獣によって事件を起こすことも容易ではないか……」

呟《つぶや》いたのは誰だったか。もしかしたら、ギルバート自身であったかもしれない。

発表されていなくて良かった。

そう考えるギルバートの脳裏に浮かんだのは、ソフィアと見た空飛ぶ竜の影だった。

◇　◇　◇

ギルバートが使っている客間の扉が閉まる音がして、ソフィアは寝台から身体を起こした。寝台を抜け出て、乱れかけていた髪を櫛《くし》で整える。

もう夜遅い時間で、カリーナ達は先に眠っている。

ソフィアは明日エミーリアと共に街に出て買い物をする約束をしている。行動を咎《とが》められることはないだろうが、心配をかけないようにギルバートに直接伝えたいと思って起きて待っていたのだ。

きっと帰ってきたギルバートは、まず浴室に行くだろう。

ソフィアは思い切って自室を出てギルバートの部屋の扉を小さく叩いたが、返事がない。少し出遅れてしまったようだ。

本当はソフィアの外出予定くらい、使用人に言伝《ことづて》を頼めば済む話だった。それでもこうして待っていたのは、ギルバートの顔が見たかったからに他ならない。

仕方のないことだが、王都とアーベライン辺境伯領を行き来しての仕事は大変そうだった。しかもそのどちらも、ギルバートの大切な任務なのである。

ソフィアは寂しいからといって、気軽に甘えられずにいた。

どうしても知識が増えて経験を重ねていくにつれて、これまでどれだけギルバートが努力してソフィアのために時間を作ってくれていたのかを、まざまざと思い知らされることが増えた。

ソフィアは扉をそっと押してみる。

きっと内側から鍵がかけられているだろうと思っていたその扉は、ソフィアの予想を外れて、簡単に開いてしまった。

「え、開いてた……？」

ギルバートが鍵を開けたままにしているなんて珍しい、と思ったソフィアは、高鳴る心臓を手の平でそっと押さえて部屋の中へと一歩踏み込んだ。

その客間は、ソフィアに与えられた部屋とは全く異なっていた。焦げ茶色の木製の調度と、白と紺を基調としたリネン類が落ち着いた印象を与えている。

王都のフォルスター侯爵邸の私室と、どことなく雰囲気が似ていた。

部屋の造りはソフィアの客間と同じだった。

少し奥へと入っていくと、浴室の方から水音が聞こえてくる。やはりギルバートは入浴中のようだ。

引き返そうか暫《しば》し迷ったが、側にいるのだと分かるとどうしても顔が見たくなる。

ソフィアは寝台の横に置かれた本棚から適当な旅行記を選んで取り出して、近くのソファに座って開いた。こうして読んでいれば、ギルバートが戻ってくるのもすぐだろうと思ったのだ。

選んだ本は、ちょうどこのアーベライン辺境伯領について記されたものだった。

分かりやすく場所ごとの特徴を説明していくその本に、ソフィアは夢中になる。

だからギルバートが入浴を終えたことにも、浴室から出てくるまで気が付くことができなかった。

その前に、扉越しに声をかけようと思っていたのに。

「──ソフィア？　こんな時間にどうした」

呼びかけられて、ソフィアは慌てて顔を上げる。しかしそこにいたギルバートの格好に、ソフィアは顔を真っ赤にして勢い良く俯いた。

ギルバートはバスローブ一枚だけしか着ていなかったのだ。

緩く縛られた腰紐のせいで、胸元が大きく開いている。そこから見える胸板と僅かに覗く腹の窪《くぼ》みが、脳裏に焼き付いて離れない。一瞬だけ見たその姿が、勝手にソフィアの体温を上げていく。

まだ乾かしていない銀の髪から滴る水滴までも、ギルバートの魅力を引き立てていた。

頬が熱い。物音などない部屋なのに、耳元で鼓動が鳴っているかのように煩《うるさ》かった。

まさか湯上がりの姿に興奮したなどとは言えない。

「お、おかえりなさいませ……！　その、少しお話ししたいことがあって……鍵が開いていたので──」

「いや、ソフィアならば構わない」

ギルバートはそう言うと、魔法でさっさと髪を乾かして衣装棚へと向かっていく。上段の抽斗《ひきだし》を開け、取り出したシャツを被《かぶ》る。ギルバートはシンプルな夜着を選んだようだ。

本を読んでいる振りをして俯いたまま、ソフィアは横目でギルバートの姿を盗み見ていた。

着替えを終えたギルバートが、ソフィアの隣に腰を下ろした。

本に添えていた右手が、ギルバートの左手によって握られる。心臓が跳ねて、ソフィアは本を読んでいられない。

必要がなくなった本を、テーブルに伏せる。

「話とは何だ？」

疲れているだろうに、ギルバートは優しい声音でソフィアに問いかけてくれた。

ソフィアは真っ赤になっている顔を少し上げて、おずおずと話し出す。

「明日、エミーリア様達と一緒にレイの街へ行くので、ご報告をと……」

レイの街とは、このアーベライン辺境伯領の中でも一二を争う規模の商業街だ。

急な旅だったため、ソフィアの荷物はとても少なかった。ましてここは王都と比べても随分と寒い。新しいコートと何着かの服を買い足しに行こうと誘われたのだ。

エミーリアの体調も良いらしく、心配するソフィアに、散歩程度はした方が良いのよと笑顔を見せてくれた。

エミーリアの側にはファニと第二小隊の者がいる。ソフィアにも護衛がつけられているようなので、昼間ならばそう危ないこともないだろう。

そう思って話したのだが、ギルバートの顔色はあまり良くなかった。無意識に引き結ばれている口元は、見慣れない人が見れば不機嫌なように受け止めるだろう。

ソフィアは顔の熱さも忘れ、いつの間にか、自分からギルバートの頬に触れていた。

「何か、あったのですか？」

聞いても良いことなのか、分からなかった。

ギルバートの仕事にはソフィアに伝えられないこともたくさんあり、質問することでギルバートを困らせてしまう場合もある。でもだからといって、何も聞かずに、何も知らずにいるのも違う。

聞けば、必要なことであればギルバートは教えてくれる。そう信じた。

「──いや、出かけるのは構わないが……裏道には行かず、人の多い表通りだけを通ってほしい」

短い言葉だったが、ソフィアはギルバートの意図を正確に汲《く》み取ることができたと思う。

表通り以外の場所では、護衛が隠れて後を追うのに都合が悪い。それに万一何らかの問題が起こったときに、人目につかない可能性もあるだろう。

エミーリアと共に出かけるのに、危険な目に遭わせるわけにはいかない。

「ありがとうございます。……ちゃんとエミーリア様が危なくないようにしますね」

ソフィアが微笑んでみせた、瞬間、ギルバートが繋いでいた手を引いた。

抵抗など最初からするつもりがないソフィアの身体は、簡単にギルバートに抱き留められる。繋いでいたはずの手は離れ、両腕で優しく囲うように抱き締められた。

「ギルバート様……？」

問いかけながら、ソフィアも温《ぬく》もりを求めて両腕をギルバートの背に回した。少しでも距離を詰めたいと感じた心は、自然とソフィアの身体をギルバートに近付けさせる。

ギルバートに何か気がかりなことがあるのならば、ソフィアはそれを迷いなく優先するつもりだった。

「違う。私が心配しているのは、ソフィアだ」

「え……？」

「妃殿下の心配はしていない。隊の皆への信頼もある。ソフィアも妃殿下と共にいれば安全だ。だが……万一逸《はぐ》れたとき、隊の者は妃殿下から離れることができない」

それは当然のことだ。第二小隊が護衛をしているのはエミーリアで、ソフィアではないのだから。

「それは、そうですよ。だって、私よりもエミーリア様の方が狙われる可能性が──っ」

ソフィアはそれ以上言葉を重ねることができなかった。

ギルバートが、ソフィアを抱く腕の力を強めたのだ。それは僅かに痛みを感じるほどで、まるで言葉にできないことを精一杯伝えようとするかのようでもある。

胸が苦しくて、呼吸が上手《うま》くできなくなった。

「──私は、いつもお前を閉じ込めてばかりだ」

ギルバートの声が、微《かす》かに震えていた。注意していなければソフィアでも気付かなかったであろうくらいの、微かな変化だ。

「そんなことは……」

ソフィアは、すぐにギルバートの言葉を否定した。

「私は、お前がずっと家の中にいても良いと思っている。それどころか、小さくして常に持ち歩くことができたら良いと思うこともある」

「持ち歩く……ですか？」

ソフィアは思わず首を傾げた。

ギルバートの腕の力が、諦めるように少し緩んだ。

「思うだけだ」

少し上にあるギルバートの顔を見上げると、そこには皮肉げな笑みが貼り付けられている。

ソフィアはギルバートの本音を探るように、今度こそその瞳をまっすぐに見つめた。揺らぎ、やがて視線が完全に絡んだとき、その藍晶石の中にはソフィアだけがいる。

ギルバートがソフィアの背に回していた腕を落とした。

そのまま離れてしまいそうになった身体を、今度はソフィアから引き寄せる。諦めないというように、それでも側にいたいと示すように、精一杯抱き締めた。

「それができたら、きっと楽しいですね。……私だって、ギルバート様がずっと側にいてくれたら……──」

仕方がないことなのだ。

ギルバートが危険な場所に行くことも、ソフィアに話せないことがたくさんあることも、それが大切な仕事であることも、分かっている。

当然、ギルバートがとても強いことも。

それでもどうしても、いつだって、不安がついて回るのだ。

漠然とした不安は、アウレ島でギルバートが竜と戦っていたときに、はっきりと目に見える形となってしまった。

言わなければ分からない、とギルバートはよく言っている。

ならば言葉にしなければ、気持ちはなかったことにできるのだろうか。

何度なかったことにしようとしても、今日までソフィアの中でしっかりとその存在を主張し続けているのに。

ソフィアは左手の小指に意識を向けた。そこには、ギルバートから貰った魔道具の指輪がある。藍晶石があしらわれたそれは、一度壊れ、ギルバートが修理してくれたものだ。

「この石が壊れてただ輝く粉になったとき……私は、考えてはいけないことを考えました」

ギルバートを信じなければいけないのに、不安ばかりが勝手に大きくなって、押しつぶされてしまいそうだった。

ソフィアの耳元で、ギルバートの鼓動が鳴っている。

どくん、どくん、と規則正しく聞こえるこの音は、命の音だ。

視界がぼやけて、胸が締め付けられる。

「絶対に考えてはいけないと思っていたのに……！」

目尻から温かな液体が一筋零れて、ソフィアはくしゃりと顔を歪めた。

泣きたくなんてなかった。

いつの間にか育っていた不安を、ギルバートに見せるつもりもなかった。

だって、絶対に困らせてしまう。

涙は簡単に止まりそうもなく、どうしよう、と視線を彷徨《さまよ》わせ俯くことしかできない。

「ソフィア」

優しく、囁くように名前を呼ばれて、ゆっくりと顔を上げる。

ギルバートの左手が、ソフィアの頬に触れる。

「すまない。だが、愛している」

息を呑んだソフィアの唇が、そのままギルバートの唇と重なった。

一際大きな鼓動の音がする。

しかしソフィアにも逃れるつもりはない。口付けに想《おも》いを乗せるように、ソフィアは精一杯ギルバートに応えた。

何度もギルバートの名前を呼んだ。

愛していると、繰り返し言葉にした。

ギルバートからも何度も名前を呼ばれ、愛の言葉を重ねられた。

これまで姿を持たなかった不安は、一度言葉になったことで、二人の間に明確にその姿を現した。しかし二人だからこそ、何度でも幸福な想いを塗り重ねていくことができる。

そう信じて、ソフィアはまたギルバートとの隙間を埋めていく。

これ以上は、と思ったところで、ギルバートがソフィアの首筋に顔を埋めた。


同じ寝台で眠ったのに、ソフィアが目覚めたときにはギルバートが眠っていた場所はもうすっかり熱を失っていた。きっと任務に出た後だろう。

室内の人の気配はカリーナのものだ。

朝の支度の準備をしてくれていることに内心で感謝しながら、枕に顔を押しつける。ギルバートの香りに、寂しい気持ちが少し満たされた。

やがてゆっくりと身体を起こすと、聞き慣れた声が耳に届いた。

「ソフィア、おはよう」

「おはよう、カリーナ」

カリーナが果実水をサイドテーブルに置いてくれる。

手に取って一口飲むと、気持ちの良い冷たさが喉を通り抜けていった。

「旦那様なら、さっき王城に行かれたわ。旦那様が鍵を貸してくださったから入れたけど、そうでなければどうしようかと思ってたところよ」

どうやらカリーナは朝からギルバートに会い、そこでソフィアが寝ているからと鍵を受け取っていたらしい。確かに、自分の客室で眠っていたはずのソフィアが朝になっていなくなっていたら、困らせてしまっていただろう。

「ごめんなさい。次から書き置きをした方が良い？」

「それはそれで……うーん。難しいわね」

ギルバートの部屋に行く時点で、共に眠るかどうかは分からない。だからそれを決めておくのもなんだか滑稽な気がする。

良い方法はないかと首を捻《ひね》ったソフィアに、カリーナが思わずといったように吹き出した。

「ふふ……っ、大丈夫よ。旦那様もちゃんと教えてくださってるし、なんとなく分かるもの。でも、旦那様のところ以外に行くときは教えてよね」

ソフィアは何度も頷いて、朝の支度に取りかかった。

自室に戻って街歩き用の清楚《せいそ》なワンピースに着替え、運ばれてきた朝食をとる。アーベライン辺境伯の気遣いにより、朝食は自室で好きなときに食べられるようになっているのだ。

「アメリーは今日も図書室？」

「そうよ。侍女ってことを忘れちゃいそうなくらい、すっかり本に埋もれてるわ。正直、私にはできないからとても助かるけど」

アメリーはギルバートから直接指示を受けて、この領地について調べている。特に領軍の見回りの経路や組織などを詳しく確認しているようだ。

ようだ、となるのは、ソフィアはその詳細を知らないからだ。

ソフィアもエミーリアも、その詳細を知らないまま、それでも守られていることを自覚して行動しなければならない。

「今日は、アメリーにお土産を買ってこようと思うの」

「きっと喜ぶわ。アメリーったら、ソフィアの側にいられないって文句言ってたから」

「そうなの？　なんだか恥ずかしいわ」

ソフィアの侍女になって日が浅いアメリーだが、ずっと前からいたかのように馴染み、ソフィアの世話もよくしてくれる。まだ勉強中のサラの面倒も見てくれているようだった。

ハンスの厳しい指導にもよるのだろうが、間違いなくアメリー自身の努力の結果だろう。

「あ、でも筆頭侍女の座は渡さないからね！」

「もう、カリーナったら」

ソフィアとカリーナは互いに顔を見合わせて笑った。

くだらない話で笑い合える時間が楽しくて、ずっとまとわりついていた理由のない不安も、今だけは消えてしまったような気がした。

早めの昼食を済ませたソフィアとエミーリアは、馬車に乗ってレイの街に向かった。エミーリアの側にいるのはファニだけだ。護衛の第二小隊の者達はついてきているが、侍女は連れてきていない身軽な外出だった。

この機会にと、カリーナとサラには出かけている間はゆっくりしているようにと伝えてきている。邸の中にいると、どうしても侍女が側にいる時間は長くなり、皆の負担が増えていることが気になっていたのだ。

「レイの街は久し振りだわ」

「以前はよく行かれていたのですか？」

「結婚前はね。私は、領地にいる方が長かったから。知り合いも多いし土地勘もあるから、何かあっても大丈夫よ」

レイの街は小高い丘の上にあるため、馬車はずっと緩やかな坂道を登り続けていた。

窓の外を見つめるエミーリアの瞳は、どこかわくわくした色をしている。やはりエミーリアも、自領に戻ってきた安心感があるのかもしれない。

「何かなんてないですよ！　せっかくのお買い物ですし……一緒に選んでいただけるの、とても楽しみです」

「ふふふ。侯爵がびっくりしちゃうくらい、可愛いのを見つけましょうね」

「はい。ありがとうございます」

ソフィアの服を買いに行くという用であっても、エミーリアは楽しそうだ。一緒に楽しめるのならば良かったと、ほっと肩を撫《な》で下ろす。

「……それにしても、あまり変わっていなくて安心したわ」

エミーリアの声は小さく、ソフィアに聞かせるつもりもないもののようだった。

ソフィアは聞かなかったことにして窓に目を向ける。

「もう少し行くと馬車止めがあるから、そこに停めて歩いて回りましょう」

エミーリアの提案に頷いて、ソフィアは窓の外の景色を眺めた。

アーベライン辺境伯領の季節はすっかり冬だ。どこも白銀に埋め尽くされ、街中が白く塗り替えられている。

しかしそれだけではない。ここに来るまでにエミーリアから聞いた話によると、レイの街は積もった雪で雪像を作り、街の装飾に使用していることが特徴らしい。

ちょうど街の入り口に差しかかったところで、ソフィアはその門の左右に大きな白い竜が飾られているのを見つけた。

「あれは何ですか？」

「雪像よ。こうやって作ることで、街の中の雪を減らしているの。それに、もう少ししたら観光客も集まるから」

雪という自然を有効利用しながら、観光資源として街の魅力にしている。ソフィアはアーベライン辺境伯領の強さに感心しつつ、窓の外の景色から目が離せなかった。

やがて馬車が停まり、防寒のために毛皮のマントを着たソフィアとエミーリアは馬車を降りる。

「綺麗です……！」

そして、ソフィアは目の前の光景に息を呑んだ。

しっかりと固めて舗装された雪の道に、雪で作られたレンガと花壇がある。どの家の前にも特徴的なデザインの雪だるまが置かれていて、きっと家族で作ることが恒例行事となっているのだろうと思わされた。とても可愛らしくて、全部を見て回りたいと考えてしまうほどだ。

店の入り口の前の階段が数段しかないのは、きっと下に続く階段がこの雪の下に埋まっているからだろう。そんな工夫にも、雪国らしさを感じてしまう。

「中央広場にはもっと大規模な雪像も展示してあるから、後で時間があれば行きましょうか」

「よろしいのですか？」

ソフィアは弾む気持ちのままの笑顔でエミーリアを振り返る。

エミーリアが小さく笑った。

「侯爵に見せたいくらいね。こんなにはしゃいで、可愛らしいわ」

恥ずかしくなって熱くなった頬を隠すように小さく俯いたが、そこに広がるのも眩《まぶ》しい白だった。きらきらと輝く雪は眩しくて、ソフィアに俯くことを許さない。

代わりにソフィアは顔を上げて微笑んだ。

「エミーリア様、体調は大丈夫そうですか？」

「ええ」

「では、早速お店に入りましょうか」

「そうだね。いくら暖かい服を着ているとはいえ、外は冷えるから」

ソフィアの言葉に同意をしたのはファニだ。ただの護衛というわけでもないようで、やはりエミーリアの体調にはとても気を遣っている。

「ありがとう。では、近くの店から見ていきましょう」

最初に向かったのは、この街では最も大きな服屋だ。主な客層はやや裕福な町民のようだが、観光でやってきた貴族向けの高価な服も扱っているようだった。

店内に入ると、店長らしき男性がエミーリアを見つけて挨拶にやってくる。人の良さそうな笑みは、商売人というよりも近所のおじさんという雰囲気だ。親しみやすい印象を受けるが、その所作や言葉遣いは洗練されていた。

ソフィアもエミーリアから紹介され、挨拶を返す。

「――今日はどうなさいましたか？」

「ソフィアちゃんに合う服を揃えたいの。旅行に来ているから、暖かいものが良いわ」

「かしこまりました。いくつかお持ちいたしますので、お好きに店内をご覧になってお待ちください」

「ありがとう」

エミーリアは早速服を選び始めた。

ソフィアも礼を言って、近くの物掛けに掛かった灰色のワンピースに触れてみる。

それは、王都で見るものよりもがっしりとした素材だった。おそらく羊毛なのだろうが、しっかりと糸を詰めて織られているからか、重さも厚みもある。これはとても暖かそうだ。

価格を見ると、以前のソフィアでもどうにか買うことができそうな手頃さだ。

「それが気になるの？」

まじまじと見ていたからか、エミーリアが近くに来ていたことに気付くのが少し遅れてしまった。

ソフィアは頷いて、ハンガーごとそれを手に取った。こうして持つと、結構な重量がある。

「初めて見るものでしたので……」

エミーリアはそのワンピースを見て、嬉しそうに目を細めた。

「これはね、真冬の屋外でも寒くないようにと、私の兄が開発したのよ」

「お兄様がですか？」

「ええ。よく見ると、色々な色が混ざっているでしょう。単一色で仕立てたものは、王都で男性用のコートとして販売するのだけど、そのときにできた屑毛を再加工して、領民が買いやすい価格で販売することにしたの」

言われてみれば、確かに灰色のように見える素材は、近くで見ると赤や茶色、青などの様々な色の繊維が混ざっているようだ。

アーベライン辺境伯領産の毛織物や毛糸は質が高いと評判で、出来の良いものは王都で貴族や富裕層向けに販売されている。しかしそれをこうして領民も身につけられるようにと工夫しているのは、とても素敵な取り組みだとソフィアは思った。

高価な品が特産になっている地域では、実際にそれを生産している者達は手にすることができない、ということも多いと聞く。しかしこれならば、自分達の作っているものに身近に触れることができるのだ。

「素敵です」

「ふふ、ありがとう。でも、ソフィアちゃんにはこっちの方が合うと思うわ」

エミーリアが差し出してくれたのは白いマントだった。縁には柔らかな動物の毛皮が貼り合わせられていて、見た目にも暖かそうだ。

「可愛いです……！」

「これなら外でも暖かいと思うの。フードはついているから、手袋とマフラーがあれば良いわね」

エミーリアが言ったところで、店長が戻ってきた。その手には移動式のラックがあり、いっぱいに服が掛けられている。

「それでしたら、こちらはいかがでしょう。革製の手袋で、手首の部分に同じ毛がついております」

「あら、良いじゃない」

「マフラーは揃いの白でしたら、何にでも合わせやすいと思いますよ」

王都でこれほどのものを買ったらどんなに高いだろうとどきどきする。しかしエミーリアによると、輸送費がかからないため、ここで買うとそう高価でもないのだそうだ。

マントに合わせてと、ワンピースやカーディガンも複数提案される。

ソフィアはどうしようかと目を伏せた。

アーベライン辺境伯領での滞在は、まだしばらく続くだろう。この土地に合った服がないのだから、買わなければならない。ギルバートもそうするようにと言っていた。

提案されたものはどれも素敵で、ソフィアが悩んでいる間にもエミーリアが指示をして入れ替えられ、ラックに並ぶ服はどんどん洗練されていく。

しかし相変わらず、こうした買い物は慣れない。

ソフィアが困って視線を彷徨わせていると、それまでは黙っていた護衛のうちの一人が思わずというたように笑い声を上げた。

「はは……っ、ごめんなさい。副隊長の言った通りすぎて」

ソフィアの迷いも吹き飛ばしてしまいそうなその声は、あまりに軽やかだった。

今日は街に出ることもあって、一般人に圧力を感じさせないようにと護衛も普段着姿で目立たないように帯剣している。だからこそこうして笑うと、近衛騎士であるということすら忘れてしまいそうだ。

「ケヴィンさん？」

「こんにちは、ソフィア嬢」

そこにいたのはケヴィンだった。ソフィアがまだギルバートと結婚をする前から世話になっている近衛騎士団第二小隊の騎士であり、ギルバートの部下である。

「こんにちは。……あの、ギルバート様の言った通りってどういうことですか？」

「僕は、ソフィア嬢に買い物をさせる手伝い要員としてこっちに回されたんですよ。お一人だと遠慮するかもしれないからと言ってました。……ってわけで、この中で、ソフィア嬢。普段はあまり着ない色の服ってありますか？」

こんなことになるのなら、カリーナにもついてきてもらえば良かったと思うが、もう遅い。

ソフィアは改めて移動式のラックに向き直り、服に目をやった。どれもとても可愛いが、何となく趣味ではないと思うものはいくつかある。

「これと……これ。あとこれかしら」

ソフィアが示した服をケヴィンがラックから外して、近くにいた店員に渡していく。それを何度か繰り返して、最後に残ったのは五組ほどの組み合わせだった。

「――残ったのを全部買ったら良いと思いますよー」

ケヴィンの言葉に頷いたのはエミーリアだ。

「そうね。着数も丁度良いし、これで良いわ。サイズを見るから試着してね。直しがあったらお願いしましょう」

「かしこまりました」

「こんなに買って、良いのでしょうか？」

「当然よ。後で買い足すかもしれないくらいだわ」

エミーリアの言葉に驚いたソフィアは、あまり荷物が増えてしまったら帰りはどうするのだろうと思った。

移動装置があるらしいから大丈夫なのだろうか。今夜ギルバートに聞いてみよう。

ソフィアは試着用の部屋へと案内されながら、そんなことを心配していた。


全ての試着が終わり、ソフィア達は店を出た。直しが必要な部分は急ぎで仕立て直し、明日のうちに領主館へと届けてもらえるそうだ。それから靴屋と雑貨屋を回り、そろそろ少し疲れてくるという頃、ソフィア達はエミーリアが以前からよく使っているというカフェに行くことにした。

そこは街の高台にある、落ち着いた雰囲気の店だった。護衛も一緒にということで、客の少ない三階の窓際に案内される。

果物を使ったジュースを頼み、ソフィアはようやく肩の力を抜いた。

ギルバートからこれで買うようにと預かった金はまだ随分残っている。想定外の買い物はしていないとは思うが、それでもこんなに買い物をしてしまったことへの罪悪感のようなものがちらついていた。買い物をすることも一つの仕事だと頭では理解しているのに、やはり短い期間では気持ちは変えられないものだ。

それでも、エミーリアと外出ができたことも、知らない街を歩いていることも、ソフィアはとても楽しかった。

「お買い物を助けてくださってありがとうございます。私だけでは決められていなかったと思います」

エミーリアがいなければ、まだ最初に入った服屋から出られていないだろう。感謝の気持ちを込めて言うと、エミーリアは嬉しそうに目を細めた。

「良いのよ。ソフィアちゃんは、お買い物があまり得意ではなかったのね」

「ええ。お恥ずかしい話ですが、以前は自由に買い物をすることもありませんでしたので……」

「そうだったわね。悔しいけれど、ここにケヴィンをつけた侯爵は貴女をよく見ているわ」

エミーリアはふわりと微笑んで、ジュースを一口飲んだ。

店内は魔道具で暖められていて、氷で冷やされているコップの表面からは水滴が繋がって流れていく。

「無駄遣いは良くないと思うけれど、貴女はもう少し欲を持っても良いわよ」

買い物をした方が良いではなく、欲を持った方が良いという言葉に、ソフィアは驚いた。ソフィアは以前と比べたら、随分と欲張りになったつもりなのだ。

「――私、欲ならたくさんありますが」

「そうだったの？　例えばどんなものかしら」

ソフィアは最近の自分の欲について考える。以前は与えられることばかりだったソフィアも、最近は自分の意見を持てるようになった。

「読みたい本がたくさんあります。それに、社交もできるようになりたいですし、家政ももっと任されたいです。ギルバート様の――」

ギルバートの力になりたい。

もっとギルバートの側にいたい。

そこまで考えた瞬間、ソフィアの頬はかあっと熱くなった。昨夜の話を思い出してしまったのだ。

もっとギルバートと触れ合いたい。抱き締められたい。そんな欲は、とても口に出すことはできなかった。

『小さくして常に持ち歩くことができたら良いと思うこともある』

甘い声に返してしまったのは涙だった。突然泣いてしまったソフィアを、ギルバートをどう思っただろう。

驚きながらも甘い触れ合いをくれたギルバートに、ソフィアは何度も恋をしている。

「――……『ギルバート様の』ね。ふふ、可愛らしいわ」

エミーリアの笑い声で、空気が緩んだ。

「お、お恥ずかしいです……」

「あら、褒めているのよ」

エミーリアはジュースに合わせて用意された小さな菓子を指先で摘まんで、楽しげにころころと笑っている。

ソフィアはジュースのグラスで顔を隠した。

エミーリアの体調も問題なさそうだ。意識的に休憩を多く取るようにしていたし、エミーリア自身も店内では椅子に座るなどして工夫していた。まだ元気そうではあるが、疲れてしまう前に早めに邸に戻った方が良いだろう。

そろそろ帰ろうかと声をかけようとしたソフィアが顔を上げると、エミーリアはいつの間にか厳しい表情で窓の外に目を向けていた。

「エミーリア様？」

ソフィアに呼ばれて、エミーリアははっと視線をソフィアに戻す。

「ごめんなさい。少し気になることがあって……ファニ、ここの店長を呼んでくれるかしら」

「すぐに」

ファニが席を離れて少しして、店長の女性がやってきた。三階にいた客は気付かぬ間に皆帰っていて、ここにいるのはソフィア達だけだ。

「何かございましたか？」

「いいえ。以前と同じようにとても美味《おい》しいわ。そうではなくて、少し聞きたいことがあるの」

「はい。何なりと」

エミーリアが、また窓の外に目を向ける。ソフィアもつられて見てみるが、違和感は見つけられなかった。

「ここ数年のうちに、突然転入者が増えたとか、そういう変化はある？」

「いえ。領民数には大きな変化はないと存じます」

「そう。領内の魔獣被害件数は」

「昨年からは減少しております」

「じゃあ……あそこって何があるか分かるかしら」

エミーリアが指さした場所は、下の方に見える森の中だった。

レイの街は小高い丘の上にある。つまり、街の周囲もよく見えるのだ。一見しただけでは何も無いようだが、よく見ると、その辺りだけほんの少し森が開けている。

「あそこだけ木が少ないですか……？」

「ええ、そうなの。だから気になってしまって」

エミーリアに言われた場所を見た店長が、首を傾げる。

「おかしいですね。何も報告は受けていませんが……」

その口ぶりは、まるで普段から周囲を窺っているように聞こえる。しかしエミーリアは当然のことのように聞いていた。きっと、それがここの役割でもあるのだろう。それならば、エミーリアが店選びで迷わずこの店に来たことにも納得だ。

「すぐに調べて……と言いたいところだけど。今、貴女達は近付かない方が良いと思うわ」

「そうなのですか？」

「ええ。ちょっと王都の都合で、こっちに騎士を連れてきているから。彼等に調べてもらうわ。情報は共有するから、万一のときには町民達をお願いね」

「……かしこまりました」

そこまで話して、店長は早足で席を離れていった。

首を傾げたソフィアに、エミーリアは苦笑する。

「──急にごめんなさいね。ここの店はこの辺りで一番見晴らしが良いということもあって、よく周囲を見るのに使っているのよ。店長は以前別の仕事をしていた人だから、こういったことでも頼りにしているわ」

エミーリアの説明は正しい。

この店長がしていた『別の仕事』とはきっと軍事か諜報《ちょうほう》関係で、おそらく今もこの周辺を探ることを仕事の一つとしているのだ。

はっきりと言わないのは、明言するものではないからに過ぎない。

しかしもしかしたらこれが、大きな手掛かりになるかもしれなかった。

「そうなのですね。では……今日はそろそろ帰られますか？」

「そうね。このまま帰って、明日は邸でゆっくりすることにしましょう」

ソフィアとエミーリアは笑い合って、まだジュースが残っているグラスに手をかけた。

それから一週間ほどが経《た》ち、ソフィアはエミーリアと共に菓子作りをしていた。

エミーリアはレイの街に行った日から、一度も領主館の敷地の外へ出ていない。ファニと共にぐるりと塀の内側を散歩して回る程度だ。

普段のエミーリアは王城で忙しくしていることが多いため、随分と退屈しているようだった。

それでも大人しくしているのは、近衛騎士団とアーベライン辺境伯軍が自由に動くことができるようにという気遣いである。エミーリアとソフィアがどこかに行けば、二人のための護衛が必要だからだ。

そのため、ソフィアは客室やサロンで刺繍をしたり、本を読んだりしていることが多かった。

しかしエミーリアにとっては、そんな日々はやはり心理的負担になっていたようだ。ファニから共に何かできないかと相談されたソフィアは、自分にできることを考えた。

そこでソフィアは、フォルスター侯爵邸で料理長に教わった菓子をエミーリアと共に作ってみるのはどうかと提案したのだ。

エミーリアに話をするととても乗り気になってくれ、辺境伯邸の料理人の助けもあり、山盛りのマドレーヌを完成させることができた。

「これで完成ね。ソフィアちゃん、籠《かご》に入れて皆のところに届けてくれる？　丁度良いから、差し入れにしちゃいましょう」

「はい。一緒に作ってくださってありがとうございました！」

「私こそありがとう。他のレシピも覚えていたら、また一緒に作りたいわ。どうせならうちの料理人にレシピを聞いてみても面白いわね」

エミーリアの提案に、手伝ってくれていた料理人が嬉しそうに頷いている。フォルスター侯爵邸の料理長のレシピで作っているのを見たからこそ、自分達も教えてやろうという気持ちが芽生えたのかもしれない。

「楽しみにしていますね」

「そうね。……でも先に、この後一緒にお茶をしましょう。差し入れを渡してきた後で良いから、ね？」

「はい！　では、これを置いてきてしまいますね」

ギルバート達は領軍の者と打ち合わせをしているらしい。訓練場にいると聞いて、ソフィアは買ったばかりのマントを着て建物を出た。

冷たい冬の風が頬を撫でていく。

訓練場はきっと寒いだろう。打ち合わせをするならば屋内でも良いのでは、などとどうでも良いことを考えながら、ソフィアはしっかり雪掻《ゆきか》きがされ歩きやすくなっている道を進んだ。

訓練場の入り口から中の様子を見ると、奥の方で大勢が集まって話をしているようだった。ソフィアは壁に沿って作られている回廊を歩いて近付いた。

皆が集まっている場所の側まで辿り着き、ソフィアは足を止めた。

打ち合わせ中に菓子を持っていったら、きっと注目を集めるだろう。仕事の邪魔になってしまったらどうしよう。こんなに多くの人がいる中で、どうしてソフィアは当然のようにギルバートに声をかけるつもりでいたのか。

つい、近くにあった柱の陰に身を隠してしまった。

ソフィアはじっと息を潜めて、声をかける機会を窺う。早く声をかけなければ、これではまるで盗み聞きをしているようだ。

打ち合わせの内容が、すっかり聞こえてしまっている。

「いえ。最も安全なのは、防犯の魔道具に登録済みの人間を捕まえて案内させることでしょう」

「夜間は施設内にいる人数も減っているようでした。鍵はかかっていないのでしたら、入り口の魔道具をどうにかできれば、誰にも気付かれずに内部を調査することは可能なのではないでしょうか」

「あの魔道具って、魔力を検知して起動するんですよね」

「そうだ。魔獣避《よ》けにも効果があることが特徴でもある。あの研究所の場合には、中で飼育している魔獣の逃亡対策にも有効だろう」

「なるほどー。良くできてますね」

どこかに潜入する話をしているようだ。しかし、魔力を検知する魔道具に阻まれているらしい。

「……どうにかして、魔道具に気付かれずに扉を開けられないもんかね」

ソフィアならばできる。

魔力が無いソフィアならば、魔力を検知する魔道具に気付かれることがない。

心臓がどくんと大きな音を立て、ソフィアは思わず身じろぎをする。

踵《かかと》が落ちていた石を踏み、ぎいっと小さな音が鳴る。それだけで場の視線がこちらに集中したのを、ソフィアは肌で感じた。

「――何者だ」

厳しい声で問われ、ぎゅっと目を瞑《つぶ》る。もう隠れているわけにはいかない。

ソフィアは、柱から重い一歩を踏み出して姿を見せた。

ギルバートが腰の剣に添えていた手を下ろす。

ソフィアはギルバートと目が合い慌てて俯いた。これでは、盗み聞きをしていたと堂々と自白をしに来たようなものではないか。

「――……ごめんなさい」

今ソフィアにできるのは謝罪くらいだ。

緊張して何を話せば良いのか分からなくなってしまったソフィアに、ギルバートが近付いてくる。

「どうした？」

短い問いだが、視線はソフィアの持っている篭に向いていた。

ソフィアは内心でほっと息を吐きながら、口を開く。

「これ、皆様に差し入れです。エミーリア様と一緒に焼きましたので」

ソフィアの言葉に場の雰囲気が一気に緩む。差し入れという言葉が出たこともあり、先程までとは一転して和やかな空気が場を満たしていた。

ギルバートがソフィアの側に歩み寄り、篭を受け取った。その中にいっぱいに入っているマドレーヌを見て、ギルバートの頬も僅かに緩む。

「ありがとう。ここは冷えるから、早く中に入れ」

促すように手の甲に触れてきたギルバートの手は、ソフィアの手よりも温かい。

勇気づけられてしまったのは、ソフィアが弱いからだろうか。それとも、一人ではないと強く感じさせられてしまったからか。

ソフィアは両手をぐっと握って、顔を上げた。

「……立ち聞きをするつもりはなかったのです。でも……私ならその扉、開けられるのではないでしょうか？」

また集まってしまった視線に、ソフィアは思わず息を呑んだ。

４章　令嬢と黒騎士様は闇の中

ソフィアとエミーリアが買い物に出かけた日。エミーリアから森の不審な点について報告を受けたギルバートは、特務部隊から一人を連れて森の調査へ向かった。

この森は、禁足地らしい。

アーベライン辺境伯領は、昔、辺境の民族が住んでいる土地だった。そのためアイオリア王国の統治下になっても、かつて彼等が信仰していたという御神木が森の中にある。時が経《た》ち民族が領民となった今も、先住民族であった者達への敬意を払い、立ち入ってはいけない場所として守られてきた。

今回アーベライン辺境伯は民族の長《おさ》であった者の子孫に話をして、調査の許可を貰《もら》ったと言っていた。

そこで見つかったものは、まるで国営の魔獣研究所をそのまま小さくしたような施設だった。

外観は楕円《だえん》形の建物だ。楕円の辺に沿って研究棟が並んでおり、内側にはドーム状の屋根がついている。おそらくこちらも、内部は飼育棟になっているのだろう。

ただこの施設の場合は、唯一の入り口に改造された防犯の魔道具が設置されているようだった。

この防犯の魔道具は、事前に魔力登録を済ませていない者の魔力を感知すると攻撃をするものだ。

通常では命に関わらない程度の攻撃しか許可されていないのだが、魔道具の核とされている魔石の大きさからして、明らかに威力を違法に上げているようだ。

「――このままでは潜入できませんね」

「しばらく様子を窺《うかが》おう」

特務部隊の騎士と小声で確認しつつ、風の音しかしない静かな森に隠れて人の出入りを窺う。

最初にやってきたのは、研究員らしい風貌の男性だった。よれた上着に地味なスラックスを穿《は》いていて、いかにも身だしなみには気を遣っていないように見える。

男性は早足で施設の扉に手をかけ、鍵を回す素振りもしないまま中へと入っていった。

次は男女が共に歩いてきた。

男性は研究所まで五メートルほど離れた場所で女性に待つように言い、自分だけが入り口まで歩き、扉を開ける。開いた扉を足で押さえている間に、女性に早く来るようにと手を振っていた。

「鍵をかけていないようですね」

「扉が開かれている間は、攻撃はされないということらしい」

ギルバート達はそれからしばらくの間施設を見張っていたが、それ以上の収穫はないままアーベライン辺境伯邸へと戻ることになった。


それから一週間が経った。

施設の様子を探るため、発見した日以降は特務部隊と第二小隊から一人ずつを常に見張りにつけているが、大きな収穫といったものはなかった。

あえて言うならば、フォルスター侯爵邸の出入り業者が、大量の肉を運び込んでいるところが目撃されたことぐらいだろう。

侯爵邸での調査で、仕入れ量自体にはあまり変化がないのに卸先に偏りが出ていたと、ハンスとアメリーから報告を受けていた業者だった。肉も扱わなくなったと言っていたが、どうやら一般に販売するはずだった肉は、こんなところに運び込まれていたらしい。

その量から、見た目以上にこの施設には多くの魔獣が管理されているのかもしれないと考えられた。

同時に、出入りしている者の調査も進めていた。

少なくとも外観は魔獣研究所そっくりに作られていることから、魔獣研究所の関係者か退職者の中に施設の建設に関わった者や勤務者がいると考えられた。

魔獣研究所は国営のため、職員名簿や採用時の書類は王城で管理されている。

マティアスは睡眠時間を削って、魔獣研究所もどきの施設でギルバート達が目撃した者の風貌と魔獣研究所の関係者の書類を突き合わせて確認している。

そしてギルバート達は、アーベライン辺境伯邸の訓練場で、今後の打ち合わせをしていた。

第二小隊と特務部隊だけではなく、辺境伯の領軍も一緒だ。領地のことは、やはりその土地に住んでいる者達が最も詳しいだろう。

「――いっそここにいる者全員で包囲してしまえば、相手も手出しできないのでは？　証拠など、後から押さえれば言い逃れできないでしょう」

血の気が多い発言をしたのは領軍の副将軍だ。

領軍という特性上、攻め込んできた敵にやり返すという戦い方が基本にあるらしい。

特に今回は、既に領内におかしな施設を違法に建てられ運営されているため、排除対象と見做《みな》しているようだった。

「いえ。最も安全なのは、防犯の魔道具に登録済みの人間を捕まえて案内させることでしょう」

そう言ったのは特務部隊の隊員だ。やはり潜入を中心にしている部署というだけあって、策謀を練る方に意識を向けていることが分かる。

問題は、その登録されている人間をどうやってこちら側に引き込むか、ということだろう。万一裏切られた場合の危険もあるが、それは避けられない危険でもある。

「夜間は施設内にいる人数も減っているようでした。鍵はかかっていないのでしたら、入り口の魔道具さえどうにかできれば、誰にも気付かれずに内部を調査することは可能なのではないでしょうか」

その意見は理想的なものではあったが、前提条件が難しい。

「あの魔道具って、魔力を検知して起動するんですよね」

「そうだ。魔獣避《よ》けにも効果があることが特徴でもある。あの研究所の場合には、中で飼育している魔獣の逃亡対策にも有効だろう」

「なるほどー。良くできてますね」

ケヴィンが感心したように言う。

ギルバートとマティアスは、アウレ島を襲った竜が絡んだ時点で、魔獣研究所もどきの施設にエルツベルガー公爵が関与している可能性を考慮に入れていた。

施設を潰すだけならば、包囲してしまうのが最も簡単だ。だがそれだけでは、公爵との繋《つな》がりを示す証拠は確実に処分されてしまうだろう。

「……どうにかして、魔道具に気付かれずに扉を開けられないもんかね」

それを言ったのが誰だったかは分からない。

聞いた瞬間、ギルバートの中にはその方法が浮かんでしまった。同時に、絶対にそれだけはさせられないとも強く思う。

魔力が無い者ならば、魔道具に攻撃されることなく扉まで辿《たど》り着けてしまう——などという方法、自分以外からは絶対に出ることはないのだ。

そのとき、背後から小さな物音がする。

「——何者だ」

ギルバートは咄嗟《とっさ》に剣の柄《つか》に手を添えて振り返った。

魔法を使って侵入者の気配を探ったが、何の魔力もそこには無い。それだけで、そこにいる者が誰なのか、ギルバートには分かってしまった。

ギルバートの予想通り、気まずそうに出てきたソフィアが大きな篭《かご》を抱えている。

「——……ごめんなさい」

「どうした？」

ギルバートはソフィアの側《そば》に歩み寄った。

話しやすいようにとギルバートが篭に目を向けると、ソフィアはやっと僅かに安心したような表情になる。

「これ、皆様に差し入れです。エミーリア様と一緒に焼きましたので」

ソフィアがやってきたことで、張り詰めていた場の雰囲気が一気に緩む。差し入れという言葉が出たこともあり、先程までとは一転して和やかな空気が場を満たしていた。

受け取った大きな篭の中には、焼き菓子がたくさん入っている。

「ありがとう。ここは冷えるから、早く中に入れ」

レイの街に行ったときに買ったというマントは着ているが、近くだからと思ったのか手袋やマフラーは身につけていない。小さな手は冷えてしまっていた。

少しでも早く、安全で暖かい場所へ行ってほしい。

そんなギルバートの想《おも》いは、ソフィアには届かなかった。

愛らしい深緑色の瞳が、遠慮がちながら強い意思を持ってギルバートを見上げている。

「……立ち聞きをするつもりはなかったのです。でも……私ならその扉、開けられるのではないでしょうか？」

遠慮がちな声は高く可愛《かわい》らしく、ソフィアの意図したよりもはっきりと、この場の皆に聞こえてしまった。

聞かれてしまっていた。

ソフィアにだけは、聞かせたくない話だったのに。

ギルバートはすぐに首を横に振る。

危険だと分かりきっていることをさせるわけにはいかない。

明らかに違法な施設の潜入捜査だ。一人では戦うことができないソフィアを連れて行って、万一何かがあったら、ギルバートは絶対に後悔するだろう。それに身体《からだ》を守ることはできるかもしれないが、心は。

ソフィアに魔力が無いことをここにいる者達に話すことで、誰かがくだらない噂をしないとも限らない。

「それを話すつもりか？　……お前は、進んで傷付かなくて良い」

「――……っ！」

ギルバートも思いついてしまった、その方法。

ソフィアならば、魔力を検知されることなく扉を開けることができる。ソフィアにとっては当然のことであるその事実は、社会的に見ればあり得ないことなのだ。

まして魔力が無いと公言することは、自分は無力であると示すことと同義だ。

ギルバートはそんな覚悟を、ソフィアにしてほしくない。そんな危険を、ソフィアに冒させたくはない。

「今回は魔獣が多くいる可能性が高い場所だ。どうしても、絶対に安全だとは言い切れない」

「でも、ギルバート様は行くのですよね？」

「私はそれが仕事だ」

ギルバートは僅かに目を逸《そ》らした。

近衛騎士なのだから、危険な場所に向かうことも当然だ。

だから何とも思ってこなかったが、ソフィアにとってはそうではないということを、つい先日ギルバートはソフィアの涙に教えられてしまった。

それでも、ギルバートは生き方を変えるつもりはない。

ソフィアもそれを望むことはないのだろう。代わりに、ソフィア自身がギルバートの力になりたい、大切な人を助けたいと、自らこちらに向かってくる。

困るのだ。

ギルバートは、本来守ることよりも壊すことに特性がある。ソフィアのことだって、まだ壊してしまったらどうしようかと思うことがあるほどだ。

ギルバートの硬い表情にも、ソフィアは怯《ひる》まずにまっすぐな目を向けてくる。

その愛らしい口から、ギルバートが聞きたくなかった音が零《こぼ》れ出た。

「皆様を信頼します。確実な方法があるのですから、私にも協力させてください……っ！」

ソフィアの強い想いを聞いたギルバートは、諦めたように深く嘆息した。

◇　◇　◇

決行の日。

夕方、第二小隊と特務部隊、そしてアーベライン辺境伯軍から二人ずつを集めた調査隊は、研究所もどきの施設に潜入するために出発した。ソフィアはギルバートと共に愛馬であるティモの背に乗って、問題の施設がある森の裏手へとやってきた。

少し森に入って、目立たない場所で下りて馬達を木に繋ぐ。

この先は徒歩での移動になるらしい。

エミーリアからお忍び用の白いワンピースとブーツを借りたソフィアは、雪景色の中では周囲の白さに呑《の》み込まれてしまいそうだ。

ギルバート達は騎士服や軍服を身につけている。この制服はただの服ではなく、魔法防御の加工がされており、魔獣との戦闘の可能性がある場では身につける必要があるらしい。

当然、ソフィアのワンピースにはそういった加工はされていない。心許《こころもと》なさを補うように、ソフィアは以前ギルバートに貰ったカフスボタンを手首につけてきていた。

歩き慣れない雪道で、遅れないようにと必死で足を動かす。静かな森に、ソフィア達の足音だけが響いていた。滑り止めがついた雪道用のブーツは重く、あまり運動が得意ではないソフィアはあっという間に息が上がってきてしまう。

ギルバートがソフィアを見て、先頭を歩く騎士に少し速度を落とすよう指示を出した。

「……ごめんなさい」

「構わない。どうせ、決行は夜だ」

人ができるだけ少ない時間に調査しようという作戦だ。

今日までの調査で、警備員などは雇っていないことが分かっている。破落戸《ごろつき》のような人間の出入りもないので、夜間が最も調査に適しているという結論になった。

更に十五分ほど歩くと、木々の隙間から僅かな明かりが見えてきた。

ソフィアはこれが調査する施設かと、夕闇の中のその建物に目をこらす。

建物の周囲の雪はあまり処理されていないようだったが、門から入り口のまでの通路だけは雪が避けられている。これならば、足跡に気を遣う必要もなさそうだ。

一見すると、普通の研究施設に見える。

こういった森の中には、国や領主、商人などが主導した研究施設が作られることが多い。森の中は自然の動植物が採取でき、かつ街が近くにあれば買い出しにも困らない。更に王都よりも土地が安く、建設にあたっての批判も受けづらい。

禁足地とは知らず、それを狙って魔獣研究所を真似《まね》して作ったのかもしれなかった。

「――ソフィア、見えるか？」

ギルバートが指さすのは、まさに今開けられた扉だ。

中から出てきた男女の研究員は、魔道具に登録されている者達のようだ。扉を閉めて、何の脅威もないというように普通に歩いて帰路につく。

「今の扉ですよね？」

「そうだ。この扉の前の道は、登録者が通るときには普通の道だが、魔力を検知すると迎撃される。大丈夫か？」

「……はい」

ソフィアは同意して、また扉を見つめた。

太陽が完全に沈んで細い月が空に浮かんだ頃に、施設の明かりは数か所を残して消えた。人の出入りも途切れたようだ。ここ数日間記録していた人員の一覧を確認しても、中にいるのは夜勤担当の二人だけだろう。

自分達の密《ひそ》かな息遣い以外、物音一つしない。

ソフィアはギルバートからの合図を受け、左手の小指から指輪を外した。万一指輪の魔力に反応されてしまったら大事だ。

指輪をポケットに入れて、門扉を抜ける。

心臓の音が煩《うるさ》い。

一歩、一歩。

足音を殺しながら、ソフィアは走らないぎりぎりの速度で入り口の扉まで辿り着く。魔道具に攻撃されなかったことに安堵《あんど》しながら、静かにゆっくりと扉を開けた。

ソフィアの姿を確認したギルバート達が、足音を立てずに走り、あっという間に扉の中に身体を滑り込ませた。全員が入ったことを確認して、ソフィアも施設の中に入る。

「……内部の作りもほぼ魔獣研究所と同じようだ」

落ち着いた様子のギルバートが、周囲を確認しながら言う。

「それじゃあ、先に貰った見取り図は参考になるってことか」

「明かりがついていた部屋の周囲には気を付けてくれ」

それぞれに話しながら、騎士達は事前に話し合っていた方向へと移動していく。

ギルバートがソフィアの手を掴《つか》み、近くにあった部屋に引き入れた。そこはほとんど使われていないらしい物置のようで、ガラクタや壊れた家具のようなものが積まれている。

「私が戻ってくるまで、この部屋にいてくれ。それまでは何があっても動くな」

「はい。お待ちしています」

今は、いってらっしゃいではない。ソフィアもギルバートと共にやってきたのだから、ここで伝える言葉はこれで間違っていない。

ギルバートが、ソフィアの頭にぽんと軽く手を置いた。

慣れた重さに、緊張が僅かに緩む。

「ああ、待っていてくれ」

ギルバートがソフィアに背中を向ける。扉の外で待たせていた騎士と合流して、その場を離れていった。

一人残された物置部屋で、ソフィアは物陰に隠れる。身体を小さく丸めて、息を殺した。どうかギルバート達が誰にも見つかることなく、無事に今夜が終わるようにと祈りながら。

◇◇◇

ギルバートは特務部隊の騎士と共に施設の内部へと足を向けた。

施設内部のドーム状の部分は、予想通り魔獣の飼育棟になっていた。特殊な加工がされたガラス製の壁によって、ケーキを切るように四分割されている。

最初に入る空間は王都付近の気候だ。残りの部屋は、寒冷地帯と灼熱《しゃくねつ》地帯、そして水中。いくつもの檻《おり》やガラスケースが設置され、魔獣の特性に合わせて入れられている。足や耳には魔獣識別のための番号が入れられていた。

そのどれもが、魔獣研究所のものとそっくり同じ仕組みであった。

「——これは、余程詳しい者の仕業と見て間違いない」

違うのは、こちらの方が魔獣達の手入れが行き届いていないことだろう。魔獣研究所と比較して、魔獣の毛艶が良くない。食事も充分ではないのか、何となく痩せた個体が多いように見えた。

「そうですね。……竜はいないようですが」

「アウレ島で全滅したのだろう。そう簡単に手に入る種でもない」

「それで、使われていない大型の檻がいくつもあるのですね」

アウレ島で魔法騎士達が殲滅《せんめつ》した竜は七頭だ。魔獣研究所で処分記録のあった竜と数が一致しているから、ここに竜はいないと考えて良いだろう。

「……魔獣の飼育が違法だと知らない人間は、この国にはいない」

特例は、王城で許可を受けた研究施設だけだ。そしてこの施設が無許可であることは、確認する必要もないほど明らかだ。

「今すぐ摘発してしまいたいが、黒幕を引き摺《ず》り出さなければ結局同じことの繰り返しだろう」

「そうですね。……おや、あれは何でしょう」

指を差したのは木箱の山だ。

山は二つあった。片方は雑に積み重ねられており、もう片方は整然と積まれている。

雑に積まれた方には、空の注射器が乱雑に放り込まれている。もう一方、綺麗《きれい》に積まれた箱の中には、薬品が入った状態の注射器が並んで入っていた。

ギルバートはその一つを手に取って、光で透かして覗《のぞ》いてみる。桃色の液体は、見るからに身体に悪そうだ。

「中身は、何らかの薬品のようですね」

特務部隊の騎士が顔を顰《しか》める。

このような場所で見つかる注射器と薬品は、当然ろくなものではないだろう。

「この管理体制では、一つくらいなくなっても気付かないでしょう」

「そうですね。では、二ついただいていきましょう」

雑に置かれているが、重要な証拠に違いない。ギルバート達は一人一つずつそれをポケットにしまった。

しかし、残りをそのままにしておくつもりもない。

この研究所では、問題が起きてもらわなければ困るのだ。

ギルバートはマティアスと王城で立てた作戦の通り、箱の中の目立たない位置に、胡桃《くるみ》ほどの大きさの魔道具をそっと忍ばせる。

それからしばらく調べたが他にめぼしいものも見つからなかったため、ギルバート達は次の場所へと移動した。


潜入して一時間ほどが経った。

事前の打ち合わせ通りに入り口へと戻ると、共に潜入した者達が既に集まっていた。

ギルバートは物置部屋の扉を開けて声をかける。

「待たせた」

ギルバートの声は小さかったが、人のいない場所ではよく響いて聞こえる。衣擦《きぬず》れの音と共に、物陰からソフィアが姿を現した。

両手で胸元を押さえたソフィアは、ギルバートの姿を見てほっと小さく息を吐く。

「ギルバート様……！　もうよろしいのですか？」

ギルバート達が調査している間、身を潜ませていたのだ。指先が震えているのは寒さ故だろうか。

この物置部屋は使われていなかったため、暖房器具らしきものがない。

それとも、緊張して心細い思いをさせてしまったか。

「ああ。……帰ろう」

早く邸《やしき》に帰って、温かい風呂に入れてやりたい。

ギルバートはソフィアの震えの理由がどちらなのか判断できないまま、今ここで抱き締められない分まで精一杯優しい声を出した。

◇　◇　◇

先にソフィアが扉を開けて、六人全員が門まで走る。全員が門を通過したことを確認して、ソフィアは静かに扉を閉めた。

はやる気持ちに任せて、ソフィアも早足で施設を後にする。

門扉をしっかりと閉めてから、森の中に駆け込んだ。そのまま建物の小さな明かりが見えなくなるまで走ったところで、ギルバートがソフィアの腕を引いて立ち止まった。

騎士達も同時に足を止める。

「一旦邸に戻って情報を確認しましょう」

「そうですね」

ソフィアがどうにか呼吸を整えようと肩で息をしている間にも、ギルバート達は普段通りに会話を続けている。

「こんな気味の悪いところ、さっさと出ようぜ」

「気味が悪い、ですか？」

「そうだ。この森は禁足地だって言っただろ。しかもさっきから、物音一つしやしない」

アーベライン辺境伯軍の将軍が、眉間に皺《しわ》を寄せている。

「物音が、しない……」

ギルバートが勢い良く振り向いて、ソフィアを見た。暗闇で表情までは窺えないが、ギルバートが纏《まと》う空気が変わったのが分かる。

「ソフィア、指輪はつけたか？」

研究所を出てそのまま走ってきたため、まだつけていなかった。

ソフィアはすぐにポケットから指輪を取り出し、左手の小指に嵌《は》める。いつもの場所に戻ったそれは、ソフィアにギルバートと繋がっているという安心をくれる。

「はい。ちゃんとつけました」

ソフィアの左手を取って指輪を確認したギルバートが、眉間に皺を寄せて頷《うなず》いた。

「森を出るまで離れるな」

ギルバートがソフィアの手を握り、歩き出す。

来たときと同様に、ソフィア達は森の中を徒歩で移動していった。

違うのは、ギルバートがしっかりとソフィアの手を握ってくれていることだ。月明かりも届かない森の中で、夜目が利かないソフィアには、この手だけが正しい方向へ進むための手掛かりだった。

冬の寒さの中、繋いだ手から伝わる体温が、慣れない緊張感で冷たくなっていたソフィアの指先から心までを温めていく。

疲労感があっても歩き続けられているのは、ギルバートがソフィアと共にいてくれるからだ。

これから先、ギルバートが言う通り戦闘訓練は不要かもしれないが、せめて体力をつけるためにも運動はした方が良いだろうか。騎士達と比べて体力がないことは仕方がないと分かっているが、できれば足を引っ張りたくはない。

必死で足を動かして、先へ先へと進んでいく。

本当に、静かな夜だ。

真っ黒な空から、ひらひらと雪が降ってきた。

何かに気付いたギルバートが、不意に足を止める。

「――……これは」

どうしたのだろう、とソフィアが思ったときには、ギルバートはソフィアの手を離して、背中に庇《かば》うように押しやった。同時に他の者達も一所に集まってくる。

その頃には、ソフィアの耳にもその音がはっきりと聞こえるようになっていた。

どれだけ群れているか分からないくらいたくさんの羽音。

それらは明らかに人間のものではない。

「気付かれましたか」

「いや……これは魔獣だ。どうりで、静かすぎると思っていた」

ソフィアはギルバートの言葉にびくりと肩を震わせた。

魔獣というものをソフィアはまだ近くで見たことがない。知っているのは、それが魔法を使う恐ろしい獣だということくらいだ。

「純粋な魔獣か、仕掛けられたものかは分からないが……やることは同じだ」

ギルバートが剣の柄に右手を添える。

次の瞬間には、ソフィア達は何かに囲まれていた。

鳥のようなものが、周囲の木々に群れて止まっている。いくつもの金色に輝く小さな目玉が夜闇の中で蠢《うごめ》いて、まっすぐにこちらを睨《にら》んでいる。

これが全て魔獣ならば、どれだけの数なのだろう。

ギルバートが、剣を抜いた。

「――……氷魔鳥《ひょうまちょう》だ。目立つ魔法は使うな」

静かな声でされたその指示は、先程まで潜入していた施設の職員にここでの戦闘を目撃させないためだろう。こんなところで光や炎の魔法を使ったら、その明かりで気付かれてしまう。

騎士達は無言で頷き、次々に剣を構えた。

翼を広げた氷魔鳥が空を飛び、次々に氷柱を打ち込んでくる。空からのその攻撃は、暗い森の中では非常に厄介だ。

ギルバートは防御魔法で凌《しの》ぎながら、氷魔鳥の風切羽を狙って小さな魔法の刃《やいば》を飛ばして応戦し、落ちてきたところを剣で斬り伏せていった。かなり広範囲に防御魔法を展開しているらしく、他の者達も落ちてくる氷魔鳥を狙って攻撃を仕掛けることができているようだ。

しかし、氷魔鳥相手に炎を使えないというのは、効率が悪い。

ソフィアの目の前で、降ってきた氷柱が見えない壁に弾《はじ》かれた。

そのとき、別の足音が聞こえてくる。軽やかな足音は明らかに人間のものではなく、戦闘中のギルバート達にも緊張が走った。

やってきたのは、通常よりも大きく筋肉質な兎《うさぎ》の群れだ。

「魔兎《まと》……⁉　こんなときにっ」

誰かのその声は、ここにいる全員の総意だった。

ただでさえ氷魔鳥相手に大規模魔法を使えず個別に対峙《たいじ》していたのに、魔兎まで来るとは想定していない。

「魔兎は自分から襲いかかってくることはないはずだろう⁉」

「——何らかの精神干渉を受けている可能性がある」

ギルバートがはっきりと言った。本来大人しい魔獣が群れて攻撃してきたならば、それは何らかの影響が外部からあったと考えるのが自然だということだろう。

しかしソフィアはそんな声も半分耳に入っていなかった。

「魔兎……これが……？」

漏れ出た微《かす》かな声は、白い息となって消えていく。

ソフィアはその姿から目が離せない。

どうしてか、彼等が皆ソフィアを見ているように感じたのだ。赤く光る目は、魔道具の明かりなどとは違ってどうしようもなく不気味で。

ソフィアはただ、じっと見つめていることしかできなかった。

現実に引き戻されたのは、ばさりと何かの布を投げつけられたときだ。突然の重さとしっかりとした感触に驚き、我に返る。両手で持って、それがギルバートの騎士服であると分かった。

ソフィアは驚いてギルバートを見る。

「ギルバート様⁉」

「着ていろ」

短く答えたギルバートが、厳しい声で言う。

「でも――！」

これは、特別な加工がされている騎士服だ。ギルバートがこれを脱ぐということは、万一の魔法攻撃に対する防御が手薄になる可能性があるということだ。

ソフィアはその意味を悟って表情を歪《ゆが》めたが、ギルバートはソフィアを庇いながらまた剣を振るう。

「私は平気だ。早く！」

ここで押し問答をするわけにはいかない。

ソフィアはマントを脱いで大きすぎるギルバートの上着を着て、丸めたマントを抱き締めた。

「きりがない。合図をしたらここを離れる」

「分かりましたっ」

ソフィアの返事と共に、騎士達もしっかりと頷く。

魔獣退治をするのは、大抵は魔法騎士の仕事だ。特に相手が群れている場合、魔法無しに対応するのは難しくなる。

ここにいる魔法騎士はギルバート一人だけだ。

目立たないよう使える魔法を制限しているとなると、この場で全ての魔獣を倒すことは厳しいと判断したのだろう。

「この先に行けば、馬がいる。馬には魔獣に襲われないよう、隠匿の魔道具を身につけさせている。……森より外についてきた分は、私がどうにかしよう」

ここまで歩いてきたソフィアの感覚でも、馬達がいるところまではあと少しだ。

氷魔鳥が襲いかかってくるが、ギルバートが魔法で弾き返す。同時に向けられた殺気をいなしたギルバートが、ソフィアの背中を強く押した。

「良いか。――……今だ、行け」

ソフィアはギルバートに示された方向へまっすぐに走る。

騎士達も、襲ってくる魔獣を弾き飛ばし、斬り伏せながら走っていた。

雪は降り続いているが、ここへ来たときにソフィア達がつけた足跡はまだ消えきっていない。雪の窪《くぼ》みを目印に、ソフィアは先頭をひたすら駆けた。

一緒だった騎士達は、魔獣に襲われる度にソフィアに逃げろと言った。

魔力が無いから、戦えないから、ソフィアは足手まといにならないようにすることしかできない。

必死に走って、走って。

ソフィアが気付いたときには、共にいた騎士達と逸《はぐ》れてしまっていた。

足元を見るが、そこには新雪が積もっているばかり。

さっきまで聞こえていたはずの魔獣の羽音も足音も、ソフィアには聞き取ることができない。雪が音を吸っているのか、それとも知らぬ間にそれほど遠くに離れてしまったのか。

きっと走っている間にソフィアが道を間違えてしまったのだろう。

ギルバートを呼ぼうとして、大きな声を出して良いか分からず口をつぐんだ。代わりに縋《すが》るように白いマントを抱き締める。

「――ギルバート様……」

不安から零れてしまいそうになる涙を堪《こら》えて上を向いた。

迷子になって泣くなど、子供がすることだ。ソフィアはただ足手まといにはなりたくないと、ここまでやってきたのだから、泣いてなどいられない。

ギルバートから借りた騎士服から、微かに慣れた香りがする。

ソフィアは強く両手を握り締めた。

振り返ると、自分の足跡が残っている。

これを辿っていけば、元いた場所に行けるはずだ。そうすれば、道をどこで間違えたのかも分かる。

「急がないと、雪で皆の足跡が消えてしまうかも」

魔獣もいる森の中で、行く先が分からなくなってしまったら大変だ。

ソフィアは疲れた足にぐっと力を入れて、足跡を辿って走り出した。

漏れる息は白く、雪に足が取られて重い。それでも一度立ち止まったら、心が折れてしまうような気がした。

「はぁっ、はぁ……っ」

ギルバートの、皆の力になれるならと思ったのに、これでは迷惑をかけてしまう。

早く、早くと、気持ちばかりが急《せ》いた。

そのとき、太い木の陰から大きな白い影に先の道を塞がれた。

「あ……」

回避せずに咄嗟に足を止めてしまったのは、それが見たことのない恐ろしい魔獣だったからだ。

雪と夜の間のような灰の色。ソフィアと変わらない大きさのそれは、狼《おおかみ》の形をしていた。

ソフィアはその姿から目を離せないまま、少しでも距離を取ろうと一歩足を引いた。その足が雪と擦《こす》れて、ざあっと低い音が鳴る。

狼の姿をした魔獣の口から唸《うな》り声が漏れ、同時にソフィアのすぐ横を鋭い風が通り過ぎた。

◇　◇　◇

氷魔鳥の群れに遭遇したギルバート達は、ソフィアを中心に守りを固めつつ、群れを殲滅しようとした。

しかし戦闘になった場所は潜入した施設からそう離れていない。目立つ魔法を使って、まだ中にいる人物に気付かれるわけにはいかなかった。

それでも氷魔鳥だけなら、その場でどうとでもなった。

空を飛ぶ魔獣は、風切羽を傷付ければ器用に飛ぶことができなくなる。それを上手《うま》く利用すれば、ここにいる六人の戦力でも充分だ。

そう思っていたのだが、状況は新たな魔獣の群れの出現で一変した。

「魔兎……!?　こんなときにっ」

言ったのは特務部隊の隊員だ。

自分が言ったのかと勘違いしそうになるほど、その発言はこの場にいる全員の総意だった。

なかなか数が減らない氷魔鳥。そこに魔兎の群れまで加わったら、大規模な炎魔法でも使わない限り六人で全て殲滅するのは難しい。そしてそれをしてしまったら、今夜の潜入も意味がなくなってしまう。

「魔兎……これが……？」

ソフィアの小さな声が震えていた。

魔獣など近くで見たことがなかったソフィアだ。怖がらせてしまったかと考えていたそのとき、ギルバートは魔獣研究所の調査で得た情報を思い出した。

——魔獣は、魔力の無い生物を食料として認識している。

ギルバートは周囲を見る。どの魔獣とも目が合わない現状があまりに異様だった。

彼等が見ているのは、ソフィアだ。

魔力の無いソフィアを食料と思い、ギルバート達はそれを奪う敵だと思っている。それに気が付いた瞬間、ギルバートは着ていた騎士服の上着を脱いでいた。

この騎士服には、魔法防御の効果がある。数度であれば、攻撃を受けても怪我《けが》をせずにいられるだけのものだ。

「ギルバート様!?」

「着ていろ」

困惑しているソフィアにきつく言う。

「でも——！」

「私は平気だ。早く！」

この状況で最も魔法によって直接攻撃される可能性が高いのは、間違いなくソフィアだ。

「きりがない。合図をしたらここを離れる」

撤退の指示は、これ以上ここで魔法に制限をかけながらの戦闘は危険だと判断したからだ。他の者も同じように考えていたようで、否定する声は上がらなかった。

この魔獣達はただの魔獣ではなく、あの施設の中で研究され、何者かの指示でギルバート達を襲っているのかもしれない。それならば、ここにいる氷魔鳥と魔兎を全て倒したところで、新たな魔獣が現れるだけだ。

「この先に行けば、馬がいる。馬には魔獣に襲われないよう、隠匿の魔道具を身につけさせている。……森より外についてきた分は、私がどうにかしよう」

森の外であれば、気付かれずに魔法を使うことができる。木への引火を心配する必要もない。

ギルバートは合図をして、ソフィアの背中を押した。

最初にソフィアが、それに続いて騎士達が走り出す。

ギルバートは防御魔法を展開しながら、最後尾を走った。

追いかけてきた魔獣には魔法で攻撃をし、少しずつ引き離していく。それでも思うようにいかないときには、引き返しながら進むことも躊躇《ちゅうちょ》しなかった。

ソフィアの側には近衛騎士とアーベライン辺境伯軍の軍人がいる。仲間を信じるが故の選択だった。

だがその選択が誤っていたことを、ギルバートはすぐに思い知らされる。

追いかけてくる魔獣を振り払って辿り着いた馬の前に、ソフィアの姿が無かったのだ。

「――ソフィアはどうした？」

声が硬くなってしまったことも仕方ない。周囲を気遣う余裕など、なくなっていた。

「フォルスター殿と別れた後、別の魔獣から襲撃を受けました。更に二手に分かれて足止めをしましたが、奥様は途中で姿が見えなくなり……先に馬に辿り着いているかと、急ぎやってきたところです」

特務部隊の騎士が言う。

この場所にソフィアがおらず、これからどうするかを考えていたところなのだろう。

ギルバートは奥歯を噛《か》んだ。

この中に魔獣の特性について知っていても、そこからソフィアの危険性にまで思考を発展させる者はいなかったのだろう。普通に考えたら、魔獣は人間に興味がないか敵意を向けてくるもので、人間を食料として狩ろうとするなど、あり得ないことなのだ。

ギルバートは拳を握り締めた。

「ティモだけ残して、先に邸に戻れ」

「ですが、それでは魔獣が――」

「ソフィアがいなければ、あれほどは追ってこないだろう」

首を傾《かし》げる者達に構わず、ギルバートは来た道を引き返した。

途中まではソフィアも同じ道を辿ってきたのだ。きっと雪が降って道が分かりづらくなってしまったに違いない。

ならば、どこかにソフィアの足跡も残っているはず。

「ソフィア……っ」

雪が降っている。

空から降る軽やかな氷の結晶ですら、今のギルバートには恨めしい。ソフィアの姿をギルバートから覆い隠そうとしているように思えて仕方なかった。

どうか無事でいてほしい。

願うことしかできない自身を虚《むな》しく思いながらも、ギルバートは決して速度を緩めない。

夜の闇の中、注意して足跡を追いかける。すると、一人分の足跡らしき窪みが木々の間に続いているのを見つけた。

上から雪が積もってしまっていてはっきりとは見えないが、おそらくこれがソフィアの足跡で間違いないだろう。近くに戦闘の痕跡も残されているから、魔獣に襲われて逃げた結果逸れてしまったのだ。

追いかけるべき跡さえ見つかれば早い。

ギルバートは魔法を使い、これまで以上の速度で先を急いだ。

雪が強くなってきている。

シャツ一枚だけで温暖魔法を使わずにいる自身のことなどすっかり忘れ、ギルバートは凍えているであろうソフィアを思った。

そのとき、右耳のイヤーカフが僅かに熱を持った。

冷えた耳が痛みを覚える。

同時に、自身の魔力が魔道具を通してソフィアの元へと流れていくのを感じた。

これは、ソフィアが魔道具を使ったときの反応だ。

知らされた居場所は、この先だ。

そこでソフィアが生きているという安心感のすぐ後、ギルバートを襲ったのは不安と焦りだ。

今ソフィアが持っている魔道具は、以前護身用に渡したカフスボタンだけだ。投げると激しい煙が出るようにギルバートが作ったものだった。

ギルバートに居場所を知らせるためなら良いが、もし、身の危険を感じて使ったのであれば。もう、一刻の猶予もない。

◇　◇　◇

ソフィアは攻撃を受け、震える足で風魔狼《ふうまろう》と向き合っていた。腰が抜けてしまいそうだったが、ここでへたり込んでしまったら、それこそ命を自ら捨てるようなものだ。

そんなこと、今の自分は絶対にしてはいけない。

この騎士服をソフィアに預けてくれたギルバートのためにも、絶対に、最後まで諦めるわけにはいかないのだ。

大きな騎士服の袖の上から、右手で左手首を握る。僅かな痛みがソフィアの意識を現実に繋ぎ止める。そこにあったのは、ギルバートに貰った小さく硬い魔道具だ。

「あ……」

漏れた囁き声に、風魔狼が鼻をひくりと鳴らした。僅かに曲げられた後ろ脚から、今にもソフィアに飛びかかろうとしているのだと分かる。

風が、強く吹いた。

ソフィアは左手首の袖からカフスボタンを引き抜き、思いきり風魔狼に向かって投げつけた。

初めて使う魔道具は、まっすぐに風魔狼に向かって飛んでいき、鼻の上にぶつかって、その小さな見た目に似つかわしくない爆風に近い衝撃と煙を巻き起こした。

驚きで声を上げてしまいそうになったソフィアは、慌てて両手で口を覆う。この魔道具を貰ったときのギルバートの言葉を思い出した。

『護身術を覚えても、ソフィアより強い者相手では太刀打ちできない。ならば、これで敵を混乱させて逃げるのが最も安全だ』

確かに、これだけの煙が発生したら誰しもが混乱する。

それは魔獣も同じだと思いたい。

脳裏に浮かんだギルバートの優しい微笑《ほほえ》みに勇気を貰って、ソフィアは必死で足を動かした。

ソフィアは魔道具を使ったのだ。

ギルバートならば、きっとソフィアを見つけてくれる。

だから今は、それまで絶対に生き抜くのだ。

ソフィアは走りながら右手首のカフスボタンも外して、マントと共に隠し持った。

先程までよりもずっと大きな唸り声が聞こえる。今まで獲物だと思われていたに違いないから、反撃したせいで風魔狼を怒らせたのだろう。

しかしソフィアも、ただ狩られるわけにはいかない。

一息で近付いてきた風魔狼に、またカフスボタンを投げる。

今度の爆発は、ソフィアのすぐ近くだった。煙と雪道で縺《もつ》れた足に風魔狼が狙いを定めているのが分かる。

転んで尻餅をついたソフィアには、もう、対抗する術《すべ》がなかった。

せめてもの抵抗に、ぐしゃぐしゃにして抱えていたマントを投げた。当然風魔狼には何の攻撃にもならず、ソフィアは迫りくる痛みを覚悟して、思いきり両目を閉じる。

諦めたくはないけれど、もう、ソフィアには打つ手がない。

「──ギルバート様……っ」

絞り出した声は、ギルバートの名前を呼んだ。

そのとき、すぐ側で、硬いもの同士がぶつかる高い音がした。

おそるおそる目を開けた先には、月明かりで輝く銀の髪が風で揺れている。

「……誰の許可を取って、ソフィアに手を出している」

低い声には怒りが滲《にじ》む。

剣を構えたギルバートが、ソフィアに背を向けて風魔狼と対峙していた。

飛びかかろうと身体を低くした風魔狼を前に、ギルバートは剣に魔力を纏わせる。

決着は一瞬でついた。

大きな風魔狼の身体が裂け、真っ赤な血が雪を融《と》かしていく。

振るって血を落とした剣が、ギルバートの腰に戻された。

「──ソフィア」

名前を呼ばれ、ソフィアは顔を上げる。立ち上がろうとしたができなかった。

ギルバートがソフィアに駆け寄ってきて、思うように動けずにいるソフィアを抱き寄せる。

ソフィアが上着を借りたせいで、ギルバートの身体はすっかり冷えてしまっていた。ギルバートの手が、ソフィアの無事を確認するように触れてくる。

「ギ……ルバート、様」

「ソフィア、生きているな」

返事をする余裕はなかった。

「……ソフィア？」

魔獣の返り血が、ギルバートの頬に付いている。

ただ、そのことばかりが気になった。

拭ってあげなければ。

ソフィアは震える右手を伸ばしてギルバートの頬に触れ、同時に気を失った。


目を覚ましたとき、ソフィアは見覚えのある部屋に寝かされていた。

そこがアーベライン辺境伯邸のソフィアに与えられた客間であると気付いて、上体を起こそうと手に力を入れる。

そのとき、左手に感じた温かさにはっとする。

寝台の横に置かれた椅子にギルバートが座っていた。

ずっと、握ってくれていたのだ。

「──ソフィア、気が付いたのか？」

「ギルバート様……」

ソフィアは気を失ったときのことを思い出し、小さく肩を震わせた。

「気分は悪くないか？　医者には診てもらっているが……」

「大丈夫、です」

上体を起こしたソフィアに、ギルバートは一度手を離して、サイドテーブルに置かれていたカップを渡してくれた。直前に魔法で温めてくれたお陰で、カップの中身は白湯になっている。

「飲め」

「ありがとうございます……」

カップを受け取り、ゆっくりと口をつける。白湯は飲みやすい温度で、喉を通り抜ける熱がソフィアの身体を内側からぽかぽかと温めていく。

窓の外が明るい。いつの間にか夜は明けていたようだ。

部屋は魔道具でしっかりと暖められていて、意識を失う前の寒さなど嘘《うそ》のようだ。

「──皆、無事ですか？」

ソフィアが騎士達と逃れるまでに、何度も魔獣に襲われていた。その度ソフィアは逃げろと言われ、荷物にはなりたくないと必死で走ったのだ。

ギルバートが空になったカップをソフィアの手から受け取って、また手を握った。

「ああ、皆無事だ。お前もよく頑張った」

「ごめんなさい……私、皆様に……ギルバート様に、ご迷惑をかけました」

力になりたくて、森の中に行ったのだ。

その結果、ソフィアは誰よりも足が遅く、帰りには風魔狼に襲われた。ギルバートが助けに来てくれなければ、あの場で命を落としていただろう。

今更になって身体が震える。手を繋いでいるギルバートにも、ソフィアの恐れは気付かれているに違いない。

「私こそ、怪我をさせてすまなかった」

「いいえ！　これは私が失敗したからで――」

ギルバートがソフィアの手をそっと引く。

ソフィアは、その手に導かれるままにギルバートに身体を預けた。

「ソフィアが共に来てくれなければ、あの中の調査はできなかった」

ギルバートがソフィアの背中をゆっくりと撫《な》でる。優しく、まるで壊れ物のように抱き締められて、身体の震えは少しずつ収まっていった。

最後に残るのは、暖かさだけだ。

「ソフィアがいてくれて良かった。私にお前を守らせてくれて、ありがとう」

「え……？」

「言っただろう。お前を守る権利は、私のものだ」

確かに言われた。

それはまだ、ギルバートと想いを通わせていない頃だ。初めてギルバートと二人で出かけた日のあの夜のことを、並んで見上げた星空を、ソフィアは忘れることなどできない。

しかしだからといって、迷惑をかけても良いというものではないだろう。

「そ……れは、そうですけれどっ」

真っ赤になっているであろうソフィアの頬を、ギルバートの手が撫でる。

まるで、その存在を確かめているかのように。

顔を上げると、ギルバートが真剣な瞳をソフィアに向けていた。藍色の瞳の中には、ソフィアがはっきりと映っている。

相変わらず頼りない姿だ。

それでも、これまでギルバートと積み重ねてきた時間の分だけ、ソフィアは自身の瞳の中にいるギルバートのことも見られるようになっていた。

ギルバートはソフィアを認めてくれている。

だからソフィアは、いつまでも自分を卑下しているわけにはいかないのだ。

「怖い思いをさせた。──諦めないでいてくれてありがとう」

「私こそ……助けてくださって、ありがとうございました」

次に抱き締められたとき、ソフィアの唇はギルバートのそれと重なっていた。ただ甘いだけの優しい口付けは、ソフィアの罪悪感と心の中の靄を全て攫《さら》っていく。

僅かな寂しさと共に唇が離れていって、ソフィアは目を開けた。

ギルバートの目が、布団の上からソフィアの足がある辺りに向けられている。

「医者が左足を捻挫《ねんざ》していると言っていた。痛むか？」

言われて左足に意識を向けた。眠っている間に治療されたらしく、包帯で軽く固定されているようだ。

力を入れると、足首に痛みが走る。

「今はそれほどではないですが……動かすと、少し痛いかもしれないです」

「無理はするな。しばらくは部屋で過ごすと良い。食事も運ぶよう言っておく」

「そこまでは……っ」

邸にお邪魔している身なのだから、食事のときくらいは食堂に行くべきだろう。そう言おうとしたのだが、ギルバートがソフィアの唇に人差し指で触れてきたことで、ソフィアはそれ以上何も言えなくなってしまった。

眉間に皺を寄せて困った顔をしているギルバートが、首を振る。

「辺境伯もソフィアの身を案じていたから問題ない。ついでに、妃殿下の話し相手になっていてくれ」

このような状態になって、エミーリアは外出もできずに退屈しているらしい。

ソフィアはギルバートの優しさとアーベライン辺境伯家の厚意に甘えて、しばらく安静にすることにした。怪我をした状態で歩き回られるのも、迷惑かもしれない。

「分かりました……ありがとうございます」

ソフィアが礼を言うと、ギルバートは安心したようにソフィアの頭を撫でた。

部屋に運ばれてきた軽食をとったソフィアは、ギルバートの勧めもあって、また寝台に横になる。

次に目覚めたとき、ソフィアの枕元には、昨日までは部屋に無かったソフィア好みの本が何冊も置かれていた。

アーベライン辺境伯領内に魔獣研究所を模した施設があったことを受け、王都に待機していた特務部隊は急遽《きゅうきょ》アーベライン辺境伯邸を訪れて調査を行った。

辺境伯は疚《やま》しいことは何もないと言って、一切の抵抗をせずに調査を受け入れた。

その言葉の通り、邸から不正を示す証拠は一切見つからなかった。

フォルスター侯爵家の侍女であるアメリーが、滞在を開始したときからずっとギルバートの指示で調べていたということもあり、調査は半日もかからずに終わった。

特務部隊は、何者かがアーベライン辺境伯領内で魔獣を暴走させようとしていた可能性があるとして、施設から持ち帰った証拠品を調査し始めた。

5章　令嬢達は何も知らない

翌日、ソフィアの元にエミーリアから茶会をしようという誘いがあった。ソフィアは足を怪我《けが》しているからと、会場はソフィアが使っている客間を指定してくれている。

お邪魔をして申し訳ないけれど話したいこともあると言われたら、ソフィアに断る理由はなかった。

「どうしますか？」

「私もお話しできて嬉《うれ》しいから、是非、ってお返事してくれる？」

「分かりました！　私、行ってきます」

サラがエミーリアの部屋へ返事を伝えに行く。

ソフィアはソファに腰掛けたまま、小さく溜息《ためいき》を吐《つ》いた。

カリーナが眉を下げて、ソフィアの前に蜂蜜を入れたハーブティーを置く。

「……あんまり無理しないでよね」

「大丈夫、エミーリア様とお茶するだけだから。足のことも気遣ってくださって、申し訳ないくらい」

「怪我してるんだから、仕方ないでしょ」

カリーナの目は、ソフィアの左足に向けられている。

ソフィアの怪我はただの捻挫《ねんざ》だ。二週間も大人しくしていれば問題ないようなものだった。

「捻ったただけなんだけど……」

「それだけで、旦那様があんなに過保護になるものかしらね」

カリーナが半目でソフィアを睨《にら》む。

ソフィアは誤魔化すように苦笑した。

調査に行った先での詳細を、ギルバートは侍女達に話さなかった。それはアーベライン辺境伯邸内で皆を不必要に警戒させないようにするためであったが、ソフィアもそれに同意した。

ソフィアが話したくなかった理由はギルバートとは違い、ただ心配をかけたくなかったからだ。

特にカリーナは、ソフィアが危険な目に遭う度にソフィア以上に悲しんでくれる。風魔狼《ふうまろう》に襲われたなんて聞かせたら、泣かれてしまうかもしれない。

大切な友人でもあるから、済んでしまったことで悲しませたくはなかった。

「ギルバート様はいつも優しくしてくださっているわ」

「それは……そうかも……？」

カリーナが納得いかないというように首を傾《かし》げる。

「ふふ。それより、このハーブティーとっても美味《おい》しい。ここの領地のものかしら」

「そうみたい。ほら、一昨日ソフィアは旦那様の任務のお手伝いで雪道を歩いたじゃない？　だからって、辺境伯様に選んでもらったみたい」

カリーナが棚からシンプルな茶葉の缶を持ってくる。

ソフィアはそれを受け取って蓋を開ける。花と茶葉だけではなく、香辛料も少し使っているのかもしれない。直接缶から香りを嗅ぐと、僅かにぴりっとした刺激臭がした。

「選んでもらった？」

「そう。これ、旦那様が今朝持ってきてくださったのよ。身体《からだ》が内側から温まるんだって」

「ギルバート様が……」

このような状況で忙しいに決まっているというのに、ギルバートは昨日、持てる自由な時間の全てをソフィアの側《そば》で過ごしていた。

食事の時間の度に部屋にやってきて、ソフィアの食事を確認しながら自分も食べる。書類仕事は持ち込んで、ソフィアが使っていた机でやる。

王都に行く時間も最低限にして、少しでも長くソフィアの近くにいようとしてくれていた。

それは、前日に恐ろしい思いをしたソフィアが少しでも安心できるようにという気遣いだったのだろう。ソフィアはギルバートが無理をしていないかと心配であったたし、カリーナ達にも何かがあったのかと疑われてしまっていた。

それでも、ギルバートがそうしてくれた時間のお陰で、ソフィアは恐怖心を抱いたまま過ごさずに済んだ。

「このハーブティーもね、本当は自分が用意したって伝えなくて良いって仰《おっしゃ》っていたのよ」

「……私が、気に病まないようによね」

「そうでしょうね」

ソフィアは缶の蓋を閉めて、カリーナに渡した。

「私、知らない振りなんてできるかしら……？」

「大丈夫よ。ソフィアが知らない振りをしても、お礼を言っても、きっと旦那様はソフィアが元気なだけで喜ぶわ」

カリーナがからりと笑って、缶を元あった場所に戻す。

ソフィアは染まった頬に気付かない振りをしながら、カリーナに頷《うなず》き返した。

ちょうど午後のお茶の時間に、エミーリアはソフィアの客間にやってきた。

二人分のハーブティーの準備をしてくれたカリーナには、エミーリアの希望で下がってもらった。何かあればすぐに呼べるよう、廊下で待っていてくれるようだ。

エミーリアが持ってきた辺境伯邸の料理人が作った焼き菓子をテーブルに並べ、ハーブティーを飲む。ハーブティーは、エミーリアのために妊娠中に飲んでも問題がないものを選んで淹《い》れてもらった。クッキーは料理人の自信作ということだった。軽い食感が心地良く、とても美味しい。

「今日は、時間を作ってくれてありがとう」

「いえ。私こそ、お部屋までいらしていただいてありがとうございます」

ソフィアは持っていたティーカップを置いて、軽く頭を下げた。

エミーリアはいつもの強気で華やかな笑顔が嘘《うそ》のように、俯《うつむ》きがちに微笑《ほほえ》んでいる。

「……私、ソフィアちゃんに謝らないといけないの」

「エミーリア様？」

顔を上げたエミーリアは白い肌をより白くして、ソフィアの目からそっと視線を逸《そ》らした。

「私のせいで、ごめんなさい。ソフィアちゃんが怪我をしたって聞いて……私が巻き込まなかったら、こんなことにもならなかったのに――」

「ま、待ってください！　エミーリア様は悪くありません」

ソフィアは慌ててエミーリアの謝罪を止めた。

今回の調査はソフィアがすすんで協力を申し出たもので、エミーリアのためにもなればとは思ったが、同時にギルバート達の力になりたいという気持ちも大きかった。森の中で騎士達と逸《はぐ》れてしまったのはソフィアの過失で、他の誰のせいでもないと思っている。

アーベライン辺境伯領への旅はエミーリアから提案されたものだが、それに同行することを決めたのはソフィア自身だ。

「怪我をしたのは私がうっかりしていたからで、もっと気を付けていれば防ぐことができたと思います」

「でも、私が一緒に行きましょうって言わなければ」

「違います。私が、エミーリア様と一緒に行きたいと思ったのです。だからエミーリア様のせいではありません」

責任を感じてほしくなかった。

ソフィアがした失敗で、悪い人達がした企みで、エミーリアに傷付いてほしくなかった。

これまで人付き合いを避けてきたせいで、この気持ちをエミーリアに伝えても良いものなのか分からない。どう言えば、きちんと伝わるのかも分からない。

ソフィアは言葉を重ねようと口を開きかけて、エミーリアの寂しげな微笑みに口を噤《つぐ》んだ。

「……ごめんね、ソフィアちゃん。そう言ってくれてありがとう」

「――何かあったのですか？」

聞かずにはいられなかった。

「少し。でも大丈夫よ」

「私に、できることはありませんか」

エミーリアのことは、尊敬する女性で、憧れの人で、大切な友人だと思っている。

ソフィアはエミーリアの力になりたい。味方でいたい。心からそう思っているのだと、エミーリアに知っていてほしかった。

ソフィアにとってのギルバートやカリーナほどの力はないかもしれないが、それでも、そういう人間がいるということを知るだけで心が少し強くなる。そのことを、ソフィアはエミーリアから教えてもらった。

「ソフィアちゃんは怪我をしているのだから、ちゃんと治さないと駄目よ。侯爵やうちの軍の皆が動いてくれているから、心配しないで。……私も、少し弱気になっていたのかもしれないわ。この子のためにも、もっと強くならないといけないのにね」

エミーリアの右手が、柔らかなラインのドレスの上から自身の腹に触れた。

まだドレスの上からでは膨らみの分からないその中に別の命があるのだと思うと、そのために強くなろうと思えるのだと、控えめな微笑みを浮かべるエミーリアは母親の顔をしていた。

思い出の中の自身の母と重なり、ソフィアの胸が小さく痛む。

「エミーリア様は、素敵なお母様になられると思います」

「ありがとう、ソフィアちゃん」

エミーリアはわざと場の空気を変えるように焼き菓子に手を伸ばし、ぱくりと食べる。それからすっかり冷めてしまったハーブティーを一気に飲んで、手ずからポットを傾けてカップに注いだ。

「少しだけ、私の話を聞いてくれるかしら」

エミーリアに勧められて、ソフィアも焼き菓子を食べる。菓子の甘さが緊張を和らげて、心も解れていくようだった。

窓から差し込む日差しは雪に反射し室内を明るく照らす。魔道具が部屋を丁度良く暖めてくれていた。

「私と殿下は、結婚してもう六年になるの」

「六年……」

ギルバートと結婚してまだ一年も経《た》っていないソフィアには、途方もないほど長く感じる時間だった。六年後の自分達を想像しようとしても、まだ上手《うま》くできない。

エミーリアとマティアスのことを仲の良い素敵な夫婦だと思ってきたソフィアは、二人が重ねてきた時間の重さに目を見張る。

「ええ。でも私、まだ子を産んでいないのよ」

エミーリアは何でもないことのように話を続けた。

「結婚をしてから、すぐに世継ぎをと言われてきたわ。それは王太子に嫁いだ人間としては当然のことで、私がマティアス様を独り占めしておくためには必要なことなの。でもできなかった……私だって、子供は欲しかったわ。殿下も陛下も『まだ若いから焦ることはない』と言ってくれていたけれど、どうしても、ずっと、気にせずにはいられなかったの」

エミーリアがすっかり過去のものとして語るその六年間には、きっと葛藤も苦労もあったのだろう。王太子妃であるということは、その立場に見合う重責も背負い続けるということだ。

ソフィアも知識として知っていたつもりのことが、普段と変わらない表情のエミーリアの口から零《こぼ》れ出てくることで、明確な形を作っていく。

「だから嬉しかった。子供ができたことは勿論《もちろん》だけど、何より、私とマティアス様がこの子を迎えられることが嬉しくて……一緒に喜んでほしかった。私は、それができなくて拗《す》ねているの。――ふふ、王太子妃なんて大層な地位を与えられていても、悩んでいることなんて皆と変わらないのよ」

ソフィアはエミーリアの言葉に首を振った。

フォルスター侯爵夫人としての立場でも大変なことはたくさんあるのに、王太子妃となったらどれだけだろう。

今、こうして打ち明けてくれているエミーリアを、なくしたくなかった。

「エミーリア様が悩むのも、当然だと思います。だって、私と仲良くしてくださったエミーリア様は、王太子妃のエミーリア様ではなかったと、思っていますから……」

エミーリアは最初から、ソフィアに王太子妃としてではなく、同じ一人の女性として、真摯に向き合ってくれた。あの戦争の前、二人きりの茶会で恋の話をしたとき、ソフィアはエミーリアのことをこれまで以上に好きになったのだ。

ソフィアよりも強くて、自分の足でしっかりと立っている、憧れの姉のような友人。

そう思うことを許されたくて、ソフィアももっとフォルスター侯爵夫人という立場に相応《ふさわ》しくなろうと顔を上げたことは、一度や二度ではなかった。

「……殿下は、今、私のために忙しくしているのよ。私の立場を守ろうと頑張ってくださっている。だから元々、妊娠が分かったときには邪魔にならないように一度領地に下がろうと思ってはいたのだけれど……こんなふうに、喧嘩《けんか》したまま離ればなれになるとは思わなかったわ」

エミーリアが右手の指先で、いつの間にか残り少なくなったティーカップの縁を、なぞるように弄んでいる。その一見華奢《きゃしゃ》に見える手が、テーブルの上でぐっと拳を作った。

俯いた視線が、拳に落とされる。

「私が王城を出た後、侍女が一人、亡くなったんですって」

「え？」

ソフィアは突然の話に驚き、動きを止めた。

「私も、知ったのは数日前だったのよ。私の執務室の水差しに、堕胎剤が入れられていたらしいわ。侯爵が取り調べをすることになっていたのだけど、その前に毒を盛られたのですって」

「そんな――」

侍女が殺されたのは口封じのためだと、ソフィアにも分かってしまった。

堕胎剤を盛ることができるのは、エミーリアの妊娠を知るほど近くにいる者だけだ。実行犯は側近くに仕えている侍女だと考えるのは当然だ。

ギルバートが取り調べをするということは、侍女が生きていれば、たとえ口を割らなくても情報を知られてしまうということだ。ギルバートは触れた相手の魔力の揺らぎを読んで、記憶や感情を覗《のぞ》くことができるのだから。

知られる前に、消されたのだろう。

つまり黒幕は、それができるほど王城内部を熟知している人物でもある。

妊娠を知ったエミーリアが王城を出る判断をすぐにした理由が、ソフィアにも分かるような気がした。自分と腹の子を守るためには、そうせざるを得なかったのだ。

しかしエミーリアは、その判断も後悔しているかのように呟《つぶや》く。

「私がいなかったら、きっと、その侍女も死なずに済んだわ」

エミーリアの声が震えて聞こえた。

「でもっ、それはエミーリア様のせいではありません……！」

エミーリアは自分と大切なものを守ろうと行動しただけだ。知らないところで起きたことまで、背負ってほしくない。

必死に否定するソフィアに、エミーリアは分かっているわと言って苦笑する。

「そうね、悪いのは犯人だわ。でもその侍女も、もしかしたら脅されたりしていたのかもしれない。何か事情があったのなら、気付いてあげたかったなと思ってしまったの。王城にいるときなら悩まないのだけど……駄目ね。実家にいると、どうしても甘えた気持ちになってしまうみたい」

エミーリアはそう言って、最後に残っていた一口分のハーブティーを飲み干した。

「……単純だけれど、マティアス様がここにいてくれたら、きっとこんな気持ちにはならないのよ」

その気持ちなら、ソフィアにも分かる。

ギルバートがいてくれるだけで心強かった昨日。

助けてもらったときに感じた、絶対的な安心感。

他の何物にも代えられないそれらは、誰と何をしていても埋められるものではない。

ソフィアは同情も不安も全部隠して、完璧な笑顔を作った。

これまできちんと伝えられていなかった言葉を、改めて伝えるために。

「あのっ、こんなときに言うことではないのかもしれませんが……妊娠、おめでとうございます。きちんと言えないままでいましたが、本当に、心からお祝い申し上げます」

「ソフィアちゃん……」

「早く、王城に戻れたら良いですね。きっと殿下も待っていらっしゃいます」

努めて明るく言ったソフィアに、エミーリアは驚いたように口を開け、すぐに小さく吹き出した。

「ふふふ、本当に。……私がこれだけ譲歩してあげているのだから、こんな事件さっさと解決してほしいものだわ！」

そう言って笑ったエミーリアの顔には、普段通り晴れやかで高貴な笑みが浮かんでいた。

◇◇◇

同じ頃、アーベライン辺境伯の執務室では、ギルバートと特務部隊の隊員、そして領軍の将軍が、辺境伯夫妻と調査結果を共有していた。

「……つまり敵は私の孫を存在しなかったものとした上で、この辺境の地に魔獣の群れを嗾《けしか》けようとしているってことですか？」

アーベライン辺境伯が静かに言う。

その額に血管が浮いているのを見て、ギルバートはマティアスが言っていたことを思い出した。辺境伯は簡単に怒っているような言動をするが、本当に怒るときは表情を変えない、と。

ギルバートはその怒っているような言動というものを見たことはなかったが、それでも、今辺境伯が怒りの炎を宿していることははっきりと分かる。

特務部隊の隊員が慌てたように首を振った。

「いえ、実際に嗾けようというのではなく、罪を着せようとしただけかも――」

しかしその発言は逆効果だったようで、辺境伯夫人が持っていた報告書を我慢できないというようにぐしゃりと握りつぶした。

「この純白のアーベラインの地に、中央の汚い貴族が染みをつけようとしたのですね。とても許せることではありません。ねえ、貴方《あなた》」

「ああ。我々に喧嘩を売ったこと、後悔するといい。……それで、犯人はいつ分かるのです？」

辺境伯がギルバートに目を向ける。この場で最も位が高いのがギルバートで、マティアスとの伝令役も兼ねているためだ。

しかしギルバートも、まだはっきりとした答えは持っていなかった。

ただ一つだけ決めていることは、マティアスから怪しい者達に小さな疑念を抱かせようということだ。見張りをつけておけば、行動に移した者が特定できる。

しかしそれは、同時に、自棄《やけ》になった黒幕が暴挙に出る可能性も高くなるということだ。

「――王太子殿下から容疑者に働きかけたいと考えています。何日後でしたら対応できますか」

ギルバートの言葉に、辺境伯はにいと口角を上げた。

「明日の朝までには、万事整えておきましょう」

「かしこまりました。では、明日の午後に」

さすが、アイオリア王国の北の国境を守るアーベライン辺境伯だ。土地と家の防御の支度にかかる時間の短さに、ギルバートは舌を巻く。

辺境伯が領軍への指示を纏《まと》める姿を横目に、ギルバートは執務室を出た。

実行に移す時間を、マティアスに報告しなければならない。

作戦開始前の静けさを肌で感じながら、ギルバートは移動装置の部屋の鍵を開けた。


マティアスはギルバートからの報告を受け、一度しっかりと頷いた。

「面倒をかけるね」

「いえ。私も早く片付けてしまいたいので」

ギルバートにとって今回の事件の黒幕は、フォルスター侯爵家に使用人を潜ませ利用しようとした人間でもある。同時にアウレ島でスフィを傷付けた竜を嗾けた犯人であり、新婚旅行を楽しみにしていたソフィアの心を傷付けた重罪人だ。

そして、あの森の中の施設周辺で不自然なほど大量発生していた魔獣。そこに人為的な要因が関与していないはずがない。

ソフィアがカフスボタンの魔道具を身につけていなかったとしたら、そしてギルバートが駆けつけるのがほんの少しでも遅れていたら、ソフィアは風魔狼によって害されていたかもしれない。

意識を失ったソフィアを抱えて雪道を駆けたときの焦燥感が、今もギルバートの中から消えてくれない。

「……明日の午前中の議会で、私が魔獣研究所へ行ったことを話題にする。ギルバートは偽物の研究所に設置した魔道具を起動して、異変が伝わるようにしてくれ。あの薬が全て使えなくなったなら、きっと困るはずだ。……容疑者が確定し、こちらの処理が終わったら、私もそちらに合流するよ」

ギルバートは姿勢を正し、騎士の礼をした。

ここまで来たら、後はもう、攻めるだけだ。

◇　◇　◇

パトリツィアは、午前中の王城での議会から帰ってきた父親が邸の高価な壺《つぼ》にあたっているのを見て、胸騒ぎがしていた。

エルツベルガー公爵である父親は普段から芸術には興味がない人間だが、高価であるという価値は大好きな人間である。それを自ら壊して反省も後悔もしないというのはおかしなことだった。

悪巧みが得意な父親は、きっとこの後執務室で誰かと魔道具で会話をする。

パトリツィアは何があったかを探るため、わざと父親の執務室の隣の使われていない部屋に忍び込んだ。

「……だと⁉　どうして……か……事実か」

漏れ聞こえてくるのは、不機嫌なときの父親の怒鳴り声だ。

パトリツィアは幼少期から父親の執務室を盗み聞きするときに使っている、壁が隣接している衣装部屋の中に入った。通常の部屋よりも薄い壁で作られたこの場所にいると、魔道具での会話の声もよく聞こえた。

「研究所に侵入者がいたかもしれないだと？　出入り口の守りは完璧なはずだろう！」

公爵家が出資している何かの研究所だろうか。

パトリツィアは息を殺して、少しでも情報を集めようとした。

「それで、娘の方はどうなった。邸を出たら狙うようにと……は？　護衛が多すぎる？　そんなことそこが辺境伯領だという時点で分かっていただろうが！　だから魔獣を――は、薬が全て割られていた!?」

だんだんと不穏な方向に進んでいく話に、パトリツィアは眉間に皺《しわ》を寄せる。

「くそ、あの小娘が……私をこけにしおって！　大人しく王城にいれば、腹の子だけで済んだものを。……いい、こっちの薬を持っていく。とにかくお前達は、周りに怪しい者がいないかだけ注意していろ！」

それきり通話は終わってしまったらしい。

パトリツィアは今聞いたことを反芻《はんすう》していた。

自分の父親は、何か、とんでもないことを言っていた気がする。

物音を立てないように衣装部屋を出て、埃《ほこり》っぽいソファに腰を下ろす。

つまり、そうだ。

「エミーリア様は、ご懐妊されているということ……？」

同時にパトリツィアは父親の不穏な言葉も聞いてしまっていた。

研究所。

辺境伯領。

魔獣。

薬。

最初の興奮が去った後、パトリツィアの頭の中には、悍《おぞ》ましい計画をする父親の姿が浮かんでいた。

今アーベライン辺境伯領には、家出をしたエミーリアがいるのだろう。

『王城にいれば、腹の子だけで済んだ』とは、どういう意味なのか。

隣の執務室はいつの間にかしんと静まりかえっている。それが父親が外出をするからだと気付いたパトリツィアは、玄関ホールへと駆けた。

「──お父様！」

エルツベルガー公爵である父親は、いつものようにきっちりと貴族服を着こなしている。しかしその手には、王城へ持っていくのには大きすぎる頑丈そうな鞄《かばん》を持っていた。

あの中に、『薬』があるのだろうか。

どうにかして引き止めようとしたパトリツィアは、しかし口を開くよりも早く父親の鋭い視線に射貫かれてしまった。

「私は今忙しい。用があるなら後にしなさい」

ぴしゃりと撥《は》ね除《の》けられ、パトリツィアは階段の途中で足を止める。

「……どちらに行かれるのですか？」

「お前が気にすることではない。そんな余裕があるなら殿下に好かれる方法でも考えていなさい」

いつもそうだ。

父親が玄関扉を押し開ける。

パトリツィアはそれ以上、声をかけることができなかった。

◇　◇　◇

数代前の王族に、双子の男児があった。優秀で仲の良い兄弟であったが、権力志向の強い貴族達は、双子のどちらを王太子にするかと勝手に争い始めた。

王城内に蔓延《はびこ》る悪意と陰謀。そして複数の貴族家の没落。

その惨状に、弟王子が嘆いた。

王族とは、貴族とは、民のためにあるものだ。私利私欲のために争い合っていては、やがて国は国ではなくなるだろう。

弟王子は自分と同じくらい優秀な兄王子に未来の国王となるよう期待し、臣籍降下しエルツベルガー公爵を名乗った。無駄な争いが生まれないよう、兄の王位が揺らがぬよう、王位継承権を放棄したのだ。

弟王子は宰相として死ぬ直前まで兄とその子供を補佐し、エルツベルガー公爵家は名誉ある貴族家としての地位を確立した。

それから何年も時が過ぎ、やがて古い人間の想《おも》いは風化する。

遺《のこ》されたものは、かつての栄光と王族であったという矜持《きょうじ》のみ。

祖父は言った。

『国王と血を分かつ我が家が、今代では宰相にもなれないとは嘆かわしい』

『愚図な孫だが、これしか後継もおらん』

『王女を嫁にすることもできんとは、本当に役に立たないことだ』

最後までエルツベルガー公爵とその妻を認めることがなかった先々代の公爵は、老衰で世を去る直前に最後の野望だというように呪詛《じゅそ》を吐いた。

『――パトリツィアを王家の嫁にするのだ。それができなければ、今代でこの家は消えてなくなるであろう』

その言葉は、どれだけ忙しくしても、どれだけ詭弁《きべん》であると自分自身に言い聞かせても、エルツベルガー公爵を縛って離さなかった。

一度も自分を認めようとしなかった祖父のことを恨んでいながらも、死してもなお逆らえない。

その矛盾が、エルツベルガー公爵にパトリツィアと向き合うことをさせなかった。


アーベライン辺境伯領、レイの街から見下ろすことができる森の中に魔獣研究所を作ったのは、エルツベルガー公爵だ。

最初は、エミーリアの味方を減らそうと考えた。

ハイデルブルク伯爵領に飢饉《ききん》が起こったときには好機だと思い、議会に支援を承認させないように働きかけた。直接的に脅せば、お人好《ひとよ》しな伯爵はすぐに爵位を手放した。

しかしエミーリアは新たな取り巻きをすぐに作り上げてしまった。

次に、アーベライン辺境伯家を没落させることを考えた。

例えば不法な魔獣研究所を発見させ、アーベライン辺境伯に罪を着せてしまうとか。隣国を焚《た》きつけてアーベライン辺境伯領を襲わせ、戦力を削ぐとか。

しかし研究所は今日まで発見されず、アーベライン辺境伯は全ての戦で勝利を収めた。

エルツベルガー公爵は、我慢がならなかった。

今度は直接的に、エミーリアの力を削ごうと考えた。

王太子妃領であるアウレ島。観光による税収が多いあの場所を破壊することができたら、エミーリアの発言力も低下するだろう。

そう考えて、ようやく手に入った竜を薬を使って調教し、アウレ島に向かわせた。

しかしそこにはギルバート・フォルスターがいた。忌々《いまいま》しい黒騎士は島の破壊を防ぎ、駆けつけた魔法騎士達の力で全ての竜が倒されてしまった。

「——……本当に、何もかもが気に入らない……っ！」

森の中に隠して作らせた移動装置を利用して、王都からアーベライン辺境伯領の研究所近くまで移動したエルツベルガー公爵は、森の異変に気付いて顔を顰《しか》めた。

融《と》けて水となった雪の下から、研究のために森に放っていた魔獣達の死骸が露出していたのだ。一頭や二頭ではない。明らかに複数の手練れによって剣と魔法で倒された魔獣達だった。

間違いなくアーベライン辺境伯軍が関わっている。

それはエルツベルガー公爵にとって、確信であった。

「どうして研究所の奴等が気付かない……まったく、研究研究と外に出ないからこんなことに」

そもそもエルツベルガー公爵が国営の魔獣研究所を解雇された者達を雇ってやったというのに、皆自分への敬意が足りない。

敬われるべき地位のはずなのに、誰も自分を認めていない。

エルツベルガー公爵は氷魔鳥の死骸を蹴り飛ばした。磨き抜かれた革靴に、乾いていたはずの赤黒い血がべたりと付いた。

6章　令嬢は守られる

ソフィアがソファに座って本を読んでいると、見慣れた黒い騎士服に身を包んだギルバートがやってきた。出迎えのために立ち上がろうとすると、ギルバートは首を振ってそれを制止する。いつも通りの無表情にも見えるが、その眉間には僅かに皺《しわ》が寄っていた。

ソフィアは本をテーブルに置いて、ギルバートを見上げる。

「ギルバート様。……何かあったのですか？」

ソフィアの問いに答えず、ギルバートはソフィアのすぐ前で片膝をついた。目線が同じになって、膝の上にあった右手が両手で握られる。

表情は厳しいが、瞳の中の藍色は決して冷たいものではなかった。

「しばらく騒がしくなる。ソフィアは、ここで普段通りに過ごしていてくれ」

ソフィアはギルバートの言葉に、そのときが来たのだと理解した。

森の中の不法な研究所に潜入したときから、ソフィアは覚悟をしていた。ギルバートが戦うところを、ソフィアはもう何度も見ている。きっとギルバート達はあの魔獣達を放ってはおかないだろうと思っていた。黒幕があの魔獣達を利用しないはずがないからだ。

だからこの問いを返すときにも、声は震えない。

「……戦いに行くんですか？」

「無事に戻る。心配はいらない」

ギルバートの返事は短い。

二つの藍晶石は少しも揺れていない。それは、この戦いで負けることはないという強い意志と、ソフィアを安心させるためのギルバートの優しさだ。

だからソフィアも視線を逸《そ》らさず、しっかりと頷《うなず》いた。

「分かりました」

僅かに口角を上げたギルバートが、ソフィアに触れるだけの口付けをする。ほんの少し湿った冷たく柔らかな感触は、すぐに離れていった。

安全なアーベライン辺境伯邸の暖かな部屋の中にいるソフィアとは違う、ギルバートの唇の温度が、きゅっと胸を締め付ける。

ギルバートは、外へ出て戦うのだ。大切なものを取りこぼさないように。

ギルバートには、それができるだけの強さがある。

ギルバートはちらりとソフィアの左足の包帯に目を向け、すぐに顔を上げた。

大きな手がゆっくりと離れていく。

「――できれば外は見るな」

本当は、寒いところに行ってほしくない。

ソフィアは無意識に引き止めようと動いてしまいそうになった腕に力を入れる。

「ご武運を、お祈りしています」

無理に笑顔を作ってみるが、ギルバートにはソフィアの葛藤などお見通しのようだ。大きな手がくしゃりとソフィアの頭をかき回す。

ソフィアが乱れた髪に手を伸ばすと、ギルバートはその指先にそっと触れて微《かす》かに笑った。

「行ってくる」

「いってらっしゃいませ……っ」

立ち上がり振り返ることなく離れていく背中に、ソフィアは精一杯の願いを込めて言う。

何度も見送っている背中は、もう見慣れてしまった。

扉が閉まり、窓の外を鳥ではない大きな影が飛んでいく。

いつの間にか、レイの街には結界が張られていた。

◇◇◇

レイの街を覆う結界は半球状で、他国からの攻撃にも耐えられるように作られている。魔獣に攻撃をされた程度では壊されることはないと、アーベライン辺境伯が胸を張っていた。

訓練された辺境の地の民は突然現れた魔獣の群れに驚きこそしたものの、行動はとても冷静だった。

結界の中で身の安全を確保した上で、騒ぐことなく戦況を注視している。

ギルバートは第二小隊の仲間と辺境伯軍と共に、森から次々と現れる魔獣と戦っていた。

街と辺境伯邸は結界で守られている。目視できる範囲に人影は無い。

そして戦う相手は、魔獣である。

「――これならば、どうとでもなる」

黒幕は気付かなかったのだろうか。

ギルバートの戦力が最も大きくなる環境は、まさに今このような場であるということに。

上空から無数の氷柱で風切羽を傷付ければ、羽のある魔獣も地面を走るしかない。風魔法を使って上空の風向を調整しながら、ギルバートは味方を信じて次々と魔獣を落としていく。

地面に落ちた魔獣は、信頼する仲間が次々に屠《ほふ》ってくれる。

アウレ島のときと違い、結界を維持するために魔力を使う必要もない。

魔道具が当然のように置かれているアーベライン辺境伯邸で、魔力を制御する魔道具の腕輪を外すことはできなかった。腕輪が壊れない程度に小さな魔法を毎晩使って魔力を消費していたギルバートには、今、魔力があり余っている。

最初から地面を走っている魔獣は、辺境伯軍だけでも対処には充分だった。そこに第二小隊の半数が投入されているのだから、戦力は多すぎるくらいだ。

レイの街の側《そば》から森を見下ろす位置に陣取っていたギルバートは、全体の戦況に合わせて大規模な魔法を展開しながら、街に近付こうとする魔獣を倒している。

どこからか現れた炎竜には氷水を浴びせかけ、首を落としておいた。こんな雪に埋もれた土地に炎竜を嗾《けしか》ける相手が何を考えているかは全く分からない。圧倒的に戦略性が欠如している。

ソフィアの側にはいられない。王都でマティアスの直接的な力になることもできない。しかし、この場を守ることができるのはギルバートだけだ。

◇　◇　◇

玄関ホールの階段に一人取り残されたパトリツィアは、握り締めた拳の行き先が分からず自身の太《ふと》腿《もも》にそれを叩《たた》きつけた。

なんて自分勝手な父親だろう。

パトリツィアは腹立たしい気持ちのまま階段を引き返す。

何も話を聞かず、パトリツィアのことなど顧みもしない。そんな父親が勝手に没落しようが、パトリツィアの知ったことではない。

何も知るな、考えるなと言っているのだから、父親が何をしようがどうでも良い。

どうせパトリツィアにできることなど、何もないのだろう。

わざと大きな足音をさせながら廊下を歩いた。さっさと自室に戻って、侍女にリラックス効果のあるハーブティーでも淹《い》れさせよう。

そう思っていた。

父親の執務室の扉が、僅かに開いているのを見るまでは。

「――お父様の執務室が、開いているわ」

その部屋の鍵が開いているのを見るのは初めてだった。

普段から父親が何かと悪巧みをしていることには気付いていた。多くの人を従え、利用し、自分の要望を通すために様々なことをしていたのだろう。

その上で自分は優雅な生活をしているのだと、パトリツィアは理解している。

初めてそれを知ったとき、パトリツィアは父親に抗議した。しかし父親は、何も知らなくて良いと言ってパトリツィアとの話し合いを拒否した。

それからもう、何年が経《た》っただろう。常に鍵がかけられていた父親の執務室。それをかけ忘れて出かけるほどの事態が、今、起きているのだ。

「知らずになんて、いられるわけがないじゃないの……！」

パトリツィアは執務室に入り、内側から扉を閉めた。使用人は執務室に鍵がかかっていることを知っているから、扉が閉まっていれば決して入ってくることはない。

執務室の中は、エルツベルガー公爵である父親の性格をそのまま反映させたようにすっきりと片付いていた。中央に大きな執務机が置かれ、窓を塞ぐように本棚が並んでいる。

壁際には、通常王城と大きな商業施設や公共施設にしか設置されていないらしい、通信用の魔道具が置かれている。

「あの人が、他人に見られたくないものを堂々と置いているわけがないわ。隠しているのよ」

これまでパトリツィアは、この部屋の様子を隣室の衣装部屋の中から聞いてきた。だから、父親が隠しものをしている場所を開ける前にどのような音を立てているかも知っている。

机の抽斗《ひきだし》には鍵が掛かっているが、そんな分かりやすいところには隠さないだろう。

パトリツィアは唯一鍵がついていない抽斗を開け、あまり中身が入っていないその底を触って確認した。押したり引いたりとしばらく動かしていると、かちりと何かが嵌《は》まるような音がする。

そこから出てきたのは、小さな鍵だ。

「それから、何かをずらす音が近くからしていたから……」

いつも聞き耳を立てていた方の壁には、通信用の魔道具とサイドテーブルが置かれている。

パトリツィアはサイドテーブルをずらして、ただの魔道具に見えていたものの側面に現れた小さな鍵穴に、鍵を差し込んだ。

そこにあったのは、床にめり込むような形で設置されている金庫だった。一瞬魔力が吸い込まれていくような感覚があったので、もしかしたらこの鍵を開けることができる者も制限されていたのかもしれない。

大抵の魔道具は、一族の血や魔力で登録をするようにできている。パトリツィアがこれを開けることができたのは、あの父親の娘だからに他ならない。

「……皮肉なものね」

片側だけ歪《いびつ》に口角を上げたパトリツィアは、金庫の中にしまわれていたものを執務机の上に取り出した。

魔道具らしい首飾りと、紐《ひも》で綴《と》じられた書類の束だ。

「裏帳簿のようなものがあるかと思っていたけれど、ここにはないのね。他の場所に隠してあるのかもしれないけれど……帰ってきてしまったら大変だから、先にこれを見てしまいましょう」

パトリツィアは首飾りに触れ、意識的にそれを起動するよう念じる。

エルツベルガー公爵家に生まれ育ったのだ。似たような魔道具だって見たことがあった。大きな宝石がついているこれは映像を記録する魔道具だ。

光り出した首飾りは、壁に映像を映し出す。

それを見ていたパトリツィアは、想像もしなかった光景に息を呑《の》んだ。

「なに……何なの、これは」

映し出されたのは、魔獣の飼育記録のようなものだ。

どこかの研究施設で、魔獣に餌をやる人が映っている。魔獣は見たことがないほど大人しく、人間の言うことを聞いているように見えた。もしかして、この魔獣は人間と交流ができるのだろうか。やがて映像が切り替わり、興奮状態の魔獣に薬を注射しているところが映し出される。最初こそ苦しんでいるように見えた魔獣だが、しばらくすると大人しくなり眠り始めた。

更にまた場面が切り替わる。

空を飛ぶ七頭の竜が映し出され、興奮した様子の男性が手を叩いて喜んでいた。

「……七頭の竜……これって、アウレ島襲撃事件の？」

パトリツィアは一緒にしまわれていた紙の束を手に取った。

一枚目には記録者の氏名、魔獣の名前と数が書かれている。二枚目からは日報形式で、いつ、どの魔獣に、どのような実験を行ったかがその結果と共に詳細に記録されていた。

おそらくこの報告書は、父親が出資して研究させていたものだろう。聞いてしまった会話からも分かることだ。

そこに書かれていたのは、凶暴な魔獣に人間を主人と認めさせ、思うがままに操るための方法だ。

最初に行動を制限する。

次に空腹にさせ、人間が餌を与える。

鞭《むち》で躾《しつけ》をし、薬で思考を奪う。

最後には中毒症状から、薬が切れると新たな薬を求めるようになる。

人間の魔力を薬に溶け込ませることで、魔獣の魔力に干渉できるようにする研究もしているようだった。

それが成功すれば、魔獣は最強の生物兵器となる。

パトリツィアの想像以上に、恐ろしく悍《おぞ》ましい研究だった。

「こんなことを……っ」

頭から水をかけられたように、身体が冷えていく。

とても許されて良いことではない。国に隠れてこんな研究をして、あの父親は一体何に使おうというのだろう。少なくとも、碌《ろく》でもないことなのは間違いない。

悪巧みをしているのだろうとは思っていた。

権力志向が強いことも知っていた。

しかし、こんなことをしているなんて想像もしていなかったのは、パトリツィアがあんな父親であっても、無意識下で最低限の信頼をしていたからなのかもしれない。

階下が騒がしい。使用人の叫び声と言い争う声が聞こえてくる。

「——そういう、ことね」

執務室の鍵をかけることも忘れ、慌てて邸を出て行った父親。

廊下を近付いてくる、規則正しい靴音。

ここにやってくるのは、きっと近衛騎士団の特務部隊だ。

扉が開いて、パトリツィアは咄嗟《とっさ》に魔道具の首飾りと報告書を背中に隠した。

◇　◇　◇

議会で魔獣研究所について話をしたマティアスは、慌てて議会場を出て行くエルツベルガー公爵を見送って、作戦が上手《うま》くいっていることを確認した。

少し時間をおいてから、マティアスは特務部隊のフェヒトと第二小隊のアーベルを連れてエルツベルガー公爵邸へと向かう。まさに公爵家という豪華絢爛《けんらん》なサルーンを抜けて、マティアスを引き止めようとして何もできずにいる使用人達を無視して、公爵の執務室の扉に手をかけた。

鍵がかかっているかと思ったが、何故《なぜ》か開いていた。

「……ノックもなしに入っていらっしゃるなど、無粋ではありませんこと？」

執務室の中には、マティアスの予想に反して、エルツベルガー公爵の娘であるパトリツィアがいた。

硬い声からは突然の来訪者への警戒が滲《にじ》んでいる。強気な姿勢がパトリツィアらしい。

しかしその態度も、マティアスと目が合った瞬間に崩れた。

「……貴方《あなた》は」

揺れた声は動揺を隠しきれていない。

マティアスは自分の優位を印象づけるため、あえて尊大な態度で微笑《ほほえ》んだ。少しも困っていない表情で、困ったような声を出す。

「こんにちは、パトリツィア嬢。……この部屋に貴女《あなた》がいる予定ではなかったのだけどな」

マティアスの斜め後ろにはフェヒトとアーベルが控えている。それだけでも普通の令嬢であれば威圧されて動けなくなってしまうだろう。

しかしさすが公爵令嬢というべきか、パトリツィアはすぐに普段の調子を取り戻す。

「ごきげんよう、殿下。このようなところでいかがなさいましたか？」

「それは貴女も知っていると思うよ」

マティアスは執務室の中に視線を走らせる。

パトリツィアの表情に、焦りが生まれた。それはパトリツィアも自らの父親の行いに疑問を抱いているからだろう。それ以外に、令嬢が一人で当主の執務室にいる理由など考えられない。

室内は僅かに荒れていて、何かを探した後のようだった。だから、入り口から見ただけでも、サイドテーブルが移動していることも、通信用の魔道具の側面が金庫になっていることも、その扉が開かれ、中が空になっていることも、分かってしまう。

エルツベルガー公爵がこんな状態のままで外出をするはずもない。

ならば、それをしたのはパトリツィアだ。

「……そうですわね」

マティアスはフェヒトが先に動こうとしたのを制して、一歩ずつ室内に踏み込んだ。

わざとらしく周囲を観察して、パトリツィアが両手で背中に隠しているものに視線を向ける。

「ねえ、パトリツィア嬢。顔色が悪いけれど、何かあったのかな」

「あら、心配される必要はございませんわ」

「そうは言っても、いつも強気な貴女がそんな顔をしていたら、何かあったのかと思うのは自然なことだよ」

「……」

パトリツィアが口を噤《つぐ》んだ。

エルツベルガー公爵は罪を犯している。それはパトリツィアも知っているだろう。ここにマティアスがいるということから、もう言い逃れができないことにも気付いている。

パトリツィアには、今、二つの選択肢がある。

一つは父親であるエルツベルガー公爵の罪をマティアスに告発し、証拠品を提出すること。もう一つはこのまま最後までマティアス達に抵抗し、父親と共に逮捕されることだ。

今回の事件は、エミーリアへの嫌がらせや王族の暗殺未遂などという罪の範囲を超えている。アーベライン辺境伯領に他国が侵攻するよう画策したことと、辺境という国防の要地に違法に飼育育成した魔獣を嗾けること。それらの行為には、国家反逆罪が相応《ふさわ》しい。

この罪は、金や数年の服役で許されるようなものではない。エルツベルガー公爵家は取りつぶされ、パトリツィアも北の牢獄《ろうごく》に入れられ、一生をそこで過ごすことになるだろう。

しかしマティアスは、パトリツィアはエルツベルガー公爵とは違って、エミーリアにも王家にも敵意がないことを知っている。それどころかパトリツィアは、ソフィアを使ってまでして、こちらに注意するよう伝えてくれていた。

エルツベルガー公爵はパトリツィアをマティアスの側に置こうと必死だったが、マティアスは夜会などでパトリツィアから言い寄られたことは一度もない。

パトリツィアには、マティアスの隣に並ぶつもりなど最初から少しもなかったのだろう。

「――ねえ、パトリツィア嬢。私と取引をしないか？」

マティアスが一歩、パトリツィアに近付いた。

「取引でございますか？」

「そう。貴女は、今日までこの執務室に入ったことはなかった。そして父親が何をしているかも、知らなかった。そうだね？」

「……はい」

パトリツィアは静かに頷いた。

マティアスは、攻めるならばここだというように目を細める。

「しかし父親が悪事を働いていることには気付いていた。だから貴女は、父親が外出し、執務室に自由に入れる隙を狙って証拠品を探そうとここに侵入した」

「え？」

「良いから黙って。――そして勇敢な貴女は、国と愛《いと》しい妻のために調査にやってきた私に、手に入れた証拠品を自ら差し出すんだ」

パトリツィアはようやくマティアスが言わんとすることを理解したようだ。

マティアスは、パトリツィアを実の父親の悪事を見逃せなかった正義の令嬢にしようとしている。

だから、今のうちに自ら背中の証拠品を渡してほしいのだ。

そうすれば、パトリツィアの人生をこんなことで終わらせる必要はなくなるのだから。

親のせいで思うように生きられない人間を、マティアスは何人も見てきた。

今回、特務部隊を使ってパトリツィアを調べさせたことで、パトリツィアが精一杯父親に反抗していたことも明らかになった。

エルツベルガー公爵にマティアスに会いに行くようにと言われた時間、パトリツィアが城下町の気に入りの店で時間を潰していること。ときには身分を隠して、その店の手伝いをしていること。

これでマティアスに近付けと言われることもなくなるだろうと、本当は誰よりも、エミーリアの妊娠を喜んでいたであろうこと。

マティアスが、深い溜息《ためいき》を吐《つ》いた。

「――パトリツィア嬢は、エルツベルガー公爵から私を籠絡するようにと言われていたはずだ。だが貴女は、私の執務室に押しかけるようなことはしなかったね。……近衛に調べさせたよ、貴女がどこで何をしていたのか。正直、最初は驚いたよ。貴女がパン屋に――」

「あ……あの方々は関係ありません！」

パトリツィアの気に入りは、城下町で評判のパン屋だ。

店に謂《いわ》れのない文句を言っていた下級貴族を追い払ったことをきっかけに、パトリツィアは店主夫妻と仲良くなっている。

今、何の罪もない彼等の存在を仄《ほの》めかすことは卑怯《ひきょう》だと、マティアスは理解していた。この言い方ではまるで、言うことを聞かなければパン屋の店主も巻き込むと言っているようだ。

しかしマティアスは、それを改めるつもりはない。

「……私の言葉の意味が分かるね」

マティアスがまた一歩、パトリツィアに近付く。

ついに目の前にやってきたマティアスに、パトリツィアは震える手で隠していた首飾りと紙の束を差し出した。

「……こちらが、私が見つけた証拠品でございます。父の普段の行動から、想定される隠し場所を捜索してお待ちしておりました。どうか……法に則《のっと》った処罰を、お与えくださいませ」

声が震えていた。

パトリツィアは深く頭を垂れ、目を閉じている。

マティアスは証拠品を受け取り、小さく息を吐いた。

「――協力感謝する、パトリツィア嬢。フェヒト、彼女を王城で丁重に保護するように」

「かしこまりました」

特務部隊のフェヒトがしっかりと頷いた。

パトリツィアが両手を揃《そろ》えて差し出している。拘束されると思っているのだろうか。

パトリツィアを拘束する必要はない。何故ならば、パトリツィアは家族の悪行を密告をした勇気ある人間であり、事件が解決するまで保護されるべき存在だからだ。

フェヒトが、騎士が令嬢にするのと同じ姿勢で手を差し出した。

「貴女は今から情報提供者として保護されます。我々は調査を続けますので、護送用の馬車の中でお待ちください」

パトリツィアは顔を上げ、ぱちりと一度瞬きをした。

「あら？　保護、なのかしら」

パトリツィアが首を傾《かし》げている。

フェヒトが普段通りの薄い微笑みを浮かべている。

「――以前我が家で、妃殿下の身を案じていらしたことは殿下にもご報告しております。悪くはいたしません」

パトリツィアが驚きに何度か瞬きをして、力なくフェヒトの手を取る。

マティアスは期待以上の成果に安堵《あんど》し、アーベルと共に馬を走らせて王城へと戻った。

一刻も早く、エミーリアの元へ行かなければ。

◇　◇　◇

ソフィアは窓の外で森から大量の魔獣が現れるところを見て、エミーリアの元へと向かった。

ギルバートから、窓の外は見るなと言われている。しかし一人でいると、どうしても気になってしまうのだ。

このアーベライン辺境伯邸の土地には外からの攻撃を跳ね返す結界が張られているらしい。安全だと分かっていても見てしまうのは、ギルバート達が戦っているからだ。

広く堅牢な作りの辺境伯邸は、今はしんと静まりかえっている。

エミーリアの両親である辺境伯夫妻は、剣を持って率先して戦場となった街道へ出て行った。同様に、戦える者は最低限の護衛を残して魔獣討伐に参加しているようだ。

「──本当に、全然人がいなくなってしまいましたね」

「ええ。奥様まで出て行かれたと聞いて驚いたわ」

元々戦うことが好きな者も多いようだ。同時に、アーベライン辺境伯家の者は、この土地を守っているのが自分達であるという意識が普通の貴族よりも強いのだと実感する。

ソフィアはカリーナの手を借りて、まだ包帯が巻かれている足を庇《かば》いながらエミーリアの部屋の扉を軽く叩いた。

「ソフィアです。エミーリア様がいらっしゃればと思いまして」

扉が開いて出てきたのは、落ち着いた雰囲気の侍女だ。侍女は申し訳なさげに眉を下げ、ソフィアに一礼した。

「あ……申し訳ございません。部屋にいても落ち着かないと、ファニを連れてサロンに行かれました。お呼びいたしましょうか？」

ソフィアは、エミーリアも落ち着かなかったのかと思った。

それも、少し考えれば当然のことだ。エミーリアにとっては、ここは実家の大切な領地だ。そこを魔獣に蹂躙《じゅうりん》され、戦場にされて、落ち着いていられるはずがない。

ましてエミーリアには戦うことができるだけの能力もあるのだ。大人しくしていなければならない現状は、きっと不満で仕方ないだろう。

「大丈夫です。行ってみますね」

わざわざ呼び戻すこともないと、ソフィアは一階のサロンに行ってみることにした。階段を下りて左に曲がった先にあるサロンは、食堂と玄関ホールを繋ぐ位置にある。

カリーナには、先に厨房《ちゅうぼう》へ行って紅茶の支度をするよう頼んだ。ここまで来れば、歩きづらくても一人で大丈夫だ。

カリーナは頷いて、厨房へと向かっていく。

開いたままだったサロンの扉を通り抜けようとしたところで、ソフィアは動きを止めた。室内からファニの厳しい視線に射貫かれたのだ。

咄嗟に漏れそうになった悲鳴を、両手で口を押さえて堪《こら》える。

サロンの奥に立つエミーリアと、庇うように剣を手にしているファニ。二人に相対しているのは、高価そうな貴族服に身を包んだ男性だ。その右手には、短剣が握られている。

「――こんなところで剣なんて持ち出して、何をしようというの？」

エミーリアがまっすぐに男性を見据えている。

「もう遅いわ。貴方が作ったあのまがい物の研究所の調査は済んでいるし、魔獣も外で皆が殲滅《せんめつ》している。エルツベルガー公爵、貴方が今からどれだけ足掻《あが》いたところで何の意味もないのよ」

ソフィアはその声を聞いて、すぐに踵《きびす》を返した。

ソフィアが踏み込んだところで戦力にはならない。魔道具のカフスボタンがあればエルツベルガー公爵を煙に巻いてエミーリアを逃がすこともできるかもしれないが、風魔狼《ふうまろう》に襲われたときに使いきってしまった。

今ソフィアがするべきは、エルツベルガー公爵に気付かれずに、助けてもらえる人間を連れてくることだ。

多くの人間が外に出てしまっているが、最低限の護衛は残されている。そのほとんどは邸の外の警備をしているはずだ。しかし玄関扉を開けたらその音で気付かれてしまうため、助けを求めることは難しそうだった。

ならば、今ソフィアが向かうべきは二階だ。

二階のエミーリアの部屋には侍女がいた。この邸で働いている侍女であれば、裏口の場所や護衛への連絡手段も知っているだろう。ソフィアが闇雲に邸の中を走り回るより、その方がずっと早い。

ソフィアは左足を引き摺《ず》りながら、手摺りを頼りに階段を上った。

早く、早くと気持ちばかりが焦る。

ファニは強いのだと聞いていたが、どれほどの腕前なのかソフィアは知らない。

　エミーリアは王城から実家の領地にやってきて身の安全を確保したはずだったのに。ここでならば、安心していられると思っていたのに。

　たくさん我慢して、たくさん諦めているのに。

　どうしてまた危険な目に遭わなければいけないのか。

　ソフィアは左足の痛みに歯を食いしばりながら、手摺りを力一杯握りしめて上へ上へと向かっていく。どうにか二階に辿《たど》り着き、ソフィアはエミーリアの私室を目指して走り出した。

　そのとき、挫《くじ》いていた左足を強く踏み込んでしまう。

　支えきれずに傾いだ身体は、廊下に敷かれた絨毯《じゅうたん》の上にぐしゃりと倒れた。打ち付けた膝が痛みを主張する。

　悔しい。こんなときに思うように動かない足が、戦うことができない自分が、情けない。

「転んでいる場合じゃないのに……っ！」

　ソフィアは諦めずに両手を突っ張って立ち上がろうとした。

　そのとき、目の前に大きな手が差し出される。見慣れたものではないその手には、白い手袋が嵌められていた。

「――ソフィア嬢、大丈夫かい？　足を捻《ひね》ったかな」

　ソフィアははっと顔を上げた。

　最初に飛び込んできたのは金色の髪だ。艶やかで長いその髪は一つに束ねられ、背中に流されている。そして真実を見透かすような、晴れた日の空に似た明るい水色の瞳。今はその瞳が気遣わしげに細められている。

目の前にいるのが王太子であるマティアスだと理解した瞬間、ソフィアはその手を取るのを止めた。

この人ならば助けてくれる、と信じられた。

だって、きっと誰よりも、エミーリアのことを大切に想《おも》っているはずだから。

「私より、エミーリア様を助けてください！　エルツベルガー公爵が――」

ソフィアの悲鳴のような声を聞いて、マティアスが目を見張った。

「エミーリアはどこにいる？」

「下のサロンです……っ」

マティアスがすぐに身を翻し、階段を駆け下りていく。途中で手摺りを飛び越えて視界から消えていったのを確認して、ソフィアはその場にぺたりと座り込んだ。

◇◇◇

エミーリアは唇を噛《か》んだ。

窓の外で始まった、魔獣との戦い。事前に研究所らしき施設を調査したときに聞いていた報告よりも多い数の魔獣は、おそらくあの森で飼われていたものもいるのだろう。

魔法を使う魔獣は、討伐に手間がかかることが多い。事態を重く見たアーベライン辺境伯は、領軍のほとんどを投入し、自分達も武器を手に出て行った。

エミーリアも戦いたかった。

しかし今のエミーリアは、自分一人だけの身体ではない。そもそも王太子妃という立場で戦場に出ることが許されるかどうかという問題はあるが、それを置いておいても、腹の中にマティアスとの子がいるのだ。

まだマティアスから祝福をされていなくても、たとえその存在を恨む者がいたとしても。エミーリアはこの小さな命のために、何をおいてもまず自分を守らなければならない。

外で使われているらしい大規模な魔法の気配は、ギルバートだろう。広い戦場でのギルバートと第二小隊の連携は見事なものだ。

これだけ心強い味方がいるのだから、アーベライン辺境伯軍の勝利を疑うことはない。

「でも、私も戦いたかったわ」

ぽつりとぼやいたエミーリアに、ファニが苦笑する。

「私もここにいるんだから我慢してもらうよ」

「分かってるわよ、ファニ……」

ファニはエミーリアの気持ちをきっと誰より理解してくれているだろう。

本当はファニだって、外で暴れたいに決まっている。それでも今エミーリアの側に護衛として残ってくれているのだから、エミーリアが無理を押し通すわけにはいかない。

「……部屋にいても落ち着かないから、サロンで皆の帰りを待とうと思うの」

その提案に、ファニは仕方がないというように笑ってくれた。

そしてエミーリアは正面玄関横のサロンに移動して、家族の帰りと戦いの終わりを待っていたのだが、やってきたのはそのどちらでもない招かれざる客だった。

きっとこの人が関わっているだろうとは思っていた。

しかし、まさか本人が短剣を持って辺境伯邸に乗り込んでくるなどと、どうして思うだろう。

エルツベルガー公爵は、最近は目立った活躍こそなかったものの、歴《れっき》とした王族と血を分けた高位貴族である。エミーリアも公式の場で挨拶をしたことは一度や二度ではない。

　エルツベルガー公爵とファニが普通に戦ったら、間違いなくファニが勝つ。

　しかし公爵は魔法が使えたはずだ。ファニは簡単な防御魔法を使えるが、得意ではない。エミーリア自身も魔法は不得手で、移動装置で移動する以外のことはからっきしだった。

　もしここでエルツベルガー公爵に魔法で攻撃をされてしまったら、無事でいられる手段はほとんどない。

　打開策を考えていたとき、公爵が入ってきたときに開けたままだった扉の向こうにソフィアの姿が見えた。きっと、エミーリアを探してここまで来てしまったのだろう。

　これ以上巻き込みたくない。

　エルツベルガー公爵に気付かれてしまったら、ソフィアが人質にされてしまう可能性もある。ソフィア自身に自覚があるかは分からないが、ソフィアはギルバートの最大の弱点なのだ。

　気付いたファニが、視線でソフィアにここを離れるように伝えた。

「もう遅いわ。貴方が作ったあのまがい物の研究所の調査は済んでいるし、魔獣も外で皆が殲滅している。エルツベルガー公爵、貴方が今からどれだけ足掻いたところで何の意味もないのよ」

　ソフィアはしっかりと頷いて、足音を殺して引き返していく。

　あの様子ならば、きっと助けを呼んできてくれるだろう。

　今この邸には戦える人間は少ないが、使用人の中には魔法が使える者もいる。ソフィアからここの様子を聞いたら、何かしら動いてくれるはず。

それまで、どうにかこの場を引き延ばさなければ。

「本当によく動く口ですね、妃殿下。外の状況はご存じでしょう？　保身のためでしたら、このようなことはしませんよ」

「では何だと言うの？」

「いいえ。私はもう終わりでしょうから、最後に貴女様も道連れにさせていただこうかと思いまして」

「……そんなことが」

「許されないでしょうね。ですが、この状況ならば可能なようです」

エルツベルガー公爵は王城で長く多くの者の上に立っていた。だからこそ、状況を見る目は確かなようだ。

それが裏目に出ている現状に歯がみして、エミーリアは目を伏せる。

ファニが剣を握る腕に力を込めた。

エルツベルガー公爵が、短剣に炎を纏《まと》わせ始める。

短剣はそれ自体で攻撃をするものではなかったのだ。魔法の触媒として使われているそれに、ファニが舌打ちをする。

こんな場所で火属性の魔法を使ったら、あっという間に火事になる。ファニが防御魔法を展開してくれているが、それはエルツベルガー公爵も分かっている。だからこそ火なのだ。

「──貴方も、火傷《やけど》くらいはすると思うわ」

「私の研究所が発見された時点で、終身刑は決まっているんですよ」

もう死んでも構わないという意思を込めた昏《くら》い視線が、じとりとエミーリアに纏わり付く。

怪我の一つくらいは覚悟するべきか——覚悟をしたのと、エルツベルガー公爵の短剣が振り抜かれたのはほぼ同時だった。

短剣からサロンに炎が飛び散る。

近くの絨毯に燃え移った火が、嫌な音を立てた。

「止《や》めなさい」

エミーリアの言葉は、エルツベルガー公爵に届かない。

今度は先程よりも大きな炎を纏わせた短剣が、振り抜かれた。

「——……っ！」

咄嗟に目を閉じる。

エミーリアは自分の自由にならないことが嫌いだ。

守られるだけなのはもっと嫌いだ。

強くなりたくて、賢くありたくて重ね続けた努力は、暴力的な力の前で意味を成さない。

何もできない自分が、悔しかった。

「……貴女が弱気になるなんて、珍しいものを見たよ」

聞こえてきたのは、久しぶりに聞く、聞き慣れた声だ。甘く柔らかく響く深い声は、エミーリアが何より聞きたくて、同時に聞くことを最も恐れていた声だった。

ばしゃりと派手な音と共に、エミーリアもファニも、絨毯もソファもびしょ濡《ぬ》れになる。

エミーリアが慌てて目を開けると、それが突然派手にぶちまけられた水属性の魔法によるものだということが分かった。

制御の下手な大雑把な魔法は、人前では滅多に使わないのに。

「マティアス様、どうしてここに――」

エミーリアが呟《つぶや》いた声が、サロンに響く。

「こ……の、若造が……！」

逆上したエルツベルガー公爵は、魔法を使うのも忘れて短剣をマティアスに向かって投げつけた。

マティアスは当然というように軽い身のこなしで短剣を避《よ》ける。

「王太子の私を『若造』とは、随分と偉くなったようだ」

「何だと……」

顔を赤くして興奮しているエルツベルガー公爵に、マティアスはすっかり感情が抜け落ちた顔で語りかける。

その表情は、エミーリアも見たことがないものだ。

まるで、そう。相手に感情を見せる価値もないというように、冷酷な――

「君はその頭の良さを他のことに使っていたら、まだ表舞台にいられただろうね。もうこの国に君はいらない。――ファニ、黙らせて」

マティアスの指示で、ファニが思いきり公爵の腹を蹴り飛ばした。隙ができていたのか、勢い良く壁にぶつかって倒れた公爵は一瞬で意識を失った。ファニは魔力制御の魔道具を使って、しっかりとその身体を拘束する。

この場の支配権をすっかり握ったマティアスは、エルツベルガー公爵に見向きもせず、まっすぐにエミーリアに向かって歩いてきた。

かつかつと鳴る靴音。

王城を急いで出てきたのだと分かる、かっちりとした宮廷衣装。

艶やかな髪は走ったせいか乱れている。それどころか、服も髪も自分で使った魔法のせいでびしょ濡れだ。

それでも空色の瞳は、エミーリアの無事を確認するように忙《せわ》しなく動いている。

「王都の方は片付いた。待たせてすまなかったね」

エミーリアはマティアスが、必死で自分のために頑張ってくれていたのだと実感した。

伸ばされた腕が、同じくびしょ濡れのエミーリアを強く優しく抱き締める。

エミーリアは仕方がないと笑った。

マティアスだから、仕方がないのだ。

エミーリアが好きになったのがマティアスで、マティアスにとってもエミーリアこそが唯一なのだから、多少のことは、受け入れるしかないではないか。

それでも譲れないことは、絶対に譲るつもりはないけれど。

「……私はまだ、一番聞きたい言葉を言っていただいていませんわ」

濡れて重くなったドレスが肌に張り付く。

マティアスがくしゃりと眉を下げ、泣き出しそうな顔でエミーリアの首筋に顔を埋めた。

「――……子供ができて、嬉《うれ》しい。こんな私だが、まだ見捨てずにいてくれるだろうか。もしそうなら……私はエミーリア、君に許されるために、何でもしよう」

その声には、王太子らしさなど欠片《かけら》もない。

ただ愛しい女性に縋《すが》る一人の男性としての言葉が、エミーリアの心にすうっと染み込んでいく。

エミーリアはようやく、マティアスを抱き締め返した。

「そうね。まずは……お父様に謝ってもらうことになりそうだわ」

マティアスは魔法を使うことはできるが、コントロールすることは特に下手だ。本人にも苦手意識があるらしく、普段人前で魔法を使うことはない。

側近に魔法に関しては最強であるギルバートがいることもあり、ここ数年はエミーリアすら魔法を使うところを見ていなかった。

エミーリアを助けるために久し振りに使ってくれた魔法は、見事にアーベライン辺境伯邸のサロンを台無しにしている。

「それくらいなら、いくらでも」

言葉とは裏腹にマティアスは深すぎる溜息を吐いて、エミーリアを抱く腕の力を強めた。

◇　◇　◇

その日のうちにエルツベルガー公爵の研究所は完全に封鎖され、魔獣も一頭も残さず殲滅された。

森の中に隠されていた移動装置は、魔獣が多く生息する谷とも繋がれていた。ギルバートが戦闘中に現れた炎竜に違和感を抱いていたが、そもそも無作為に魔獣を呼び出していたのだ。

アーベライン辺境伯領を襲った魔獣の大群はエルツベルガー公爵の調教と薬によって訓練された軍

隊ばかりではなく、その半数以上は寄せ集めの暴徒であったらしい。ただ破壊こそが目的で、戦略も属性も関係なかったのだろう。

アーベライン辺境伯邸へと帰ってきたギルバートは、びしょ濡れのサロンと風呂上がりのマティアスとエミーリアを見て、真っ先にサロンを魔法で乾かしていた。

廊下で座り込んでいたソフィアはカリーナに発見され、自室へと連れ戻された。

心配したギルバートの厳しい目もあって、ソフィアは悪化した捻挫《ねんざ》を理由に与えられた客間に軟禁状態となった。

ソフィアが引き篭《こ》もり生活を余儀なくされているうちに、魔法騎士が王都から派遣され、荒れた街道と森の整備が行われた。

アーベライン辺境伯領は、アイオリア王国にとっても重要な土地だ。最近は国政の安定と外交努力によって大きな戦争は回避されているが、国防の要となる場所であることには変わりない。

今回エルツベルガー公爵を邸内に侵入させてしまったことも含め、今後は邸と領地の警備の見直しも行うのだという。

全てが片付いたのは、事件から二週間が経った頃だった。

魔法騎士達の任務も終わり、ソフィア達はようやく王都へと帰ることになった。

「騒がしくてごめんなさいね。今度はゆっくり、きちんと遊びに来てほしいわ」

「ありがとうございます、奥様」

ソフィアが腰を折って礼を言うと、アーベライン辺境伯夫人は軽く頷き、揶揄《からか》うように笑う。

「ついでに、この子に刺繍《ししゅう》の一つでも教えてやってくれたらもっと嬉しいのだけれど」

ちらりと目を向けた先にはエミーリアがいる。マティアスが先に王都に戻っているため、帰りも隣にいるのはファニだ。それでもしっかりと背筋を伸ばしていて、心細い様子など微塵《みじん》も感じさせない。それはソフィアがよく知るエミーリアの、ソフィアが憧れている姿だった。

「――……エミーリア様は、充分素敵だと思います」

それはソフィアの心からの言葉だった。

辺境伯夫人は驚いたように目を見張った後、とても嬉しそうに破顔する。

辺境伯が父親らしい心配顔でエミーリアの頭を撫《な》でた。

「エミーリアも、良いか。安静に、無理せず、何かあれば帰ってきなさい」

「分かっているわよ……今度は喧嘩《けんか》もしないわ」

王城で見かける姿よりも気軽に振る舞うエミーリアに、ソフィアは目を伏せる。

これからエミーリアは王城に戻り、また王太子妃としての責務に追われながら、多くの令嬢達の理想として振る舞うのだろう。腹の子を守るためにも、マティアスの隣に立ち続けるためにも、それはエミーリアが背負わなければならないものだ。

それでもソフィアは、エミーリアの友人でありたい。

このアーベライン辺境伯領で垣間《かいま》見たエミーリアの魅力的な顔を、作られた微笑みが覆い隠してしまうところを、ずっと見ていたくはない。

「――喧嘩したら、いつでもうちにいらしてください」

「え？」

「侯爵邸でしたら、エミーリア様も安全ですし。ね、ギルバート様」

ソフィアが左隣に立っているギルバートを見上げる。

目が合うと、ギルバートは優しげに目を細めた。

「勝手にどこかに行かれてしまうよりは、我が家にいらしてくださった方が良いです」

「まあ、侯爵は意地悪な言い方をするわね。……ソフィアちゃん、ありがとう。遠慮しないで遊びに行くわ」

「はい。是非！」

エミーリアが笑う。

その笑顔はアーベライン辺境伯領にやってきたばかりのときよりも、ずっと晴れやかなものだった。

エピローグ

それから更に二週間以上をかけ、ソフィア達は王都へと帰ってきた。

静かな時間が流れていたフォルスター侯爵邸は、ギルバートとソフィアが帰宅したことで活気を取り戻した。

特に一番強い影響を受けたのは、二人の帰りを待っていたスフィである。

「——ちょっとソフィア。またスフィはそこにいるの？」

手紙の返事を書いていたソフィアはカリーナの言葉に苦笑して、膝の上で丸くなっているスフィをひと撫《な》でした。

スフィはご満悦といった様子で、ソフィアの左手に頬を擦り付けている。

「うん。寝ているわよ」

今回アーベライン辺境伯領に行っていた期間は、社交シーズンのど真ん中だった。

家を留守にしていても、社交の場への招待状や手紙は普通に届き続ける。ソフィアとギルバート宛《あて》に届いた手紙は、ハンスが代わりに返事をしてくれていた。

今回はアーベライン辺境伯領で年を越してしまい、年始の夜会すら出席しなかったのだ。

ギルバートは任務のために欠席することはこれまでもよくあったらしいが、ソフィアはそうではない。

結婚してフォルスター侯爵夫人となった初めての社交シーズンで、三分の一を使用人の代筆した手紙で欠席したことになってしまうのだ。

理解してくれる人も多いが、やはり不満に思う人もいるだろう。

そこでソフィアは、改めて手紙を直筆で出し直すことにしたのだ。

特に今後も付き合いを続けていきたい相手には、今シーズンにフォルスター侯爵邸で夜会をするので招待したいとも書いておく。

帰宅してから毎日続けているが、まだ終わらない作業だ。

その間、スフィはずっとソフィアの膝の上にいるのである。

カリーナが仕方がないというように笑って、ソフィアの机の上のティーカップに紅茶を足した。

「寂しかったのかしら。旦那様がいないことは多いけど、ソフィアがこんなに家を空けることは珍しいものね」

「……しばらくは家にいるから、思いきり甘やかしてあげたいわ」

ギルバートは王都に戻ってきてから、また毎日忙しくしている。

一方ソフィアは、参加する必要がある茶会以外は基本的に邸《やしき》で過ごしていた。

「それは良いんだけど。私は、ソフィアにもっといろんな服を着せたいのよ……！」

カリーナの気持ちが篭《こ》もった言葉に、それまで黙って部屋を整えていたアメリーとサラが同意する。

「分かります。奥様ったら、邸にいらっしゃるからって同じ服ばっかりお召しになるから！」

「お洋服はあるんですし、もっと色々着ても良いと思いますよ？」

ソフィアは三人の気持ちを理解しながらも、肩を竦《すく》めて苦笑した。

「でも、新しい服にスフィの爪が引っかかってしまったら悲しいもの」

帰ってきてから、ずっとソフィアの側《そば》にいるスフィ。この愛らしい猫を優先しようとすると、どうしても新しい服を選ぶことは躊躇《ためら》われた。

特に毛糸で編まれた室内着や、紐《ひも》飾りが付いているワンピースなどは、どうしても避けてしまいがちだ。

ソフィアの言葉を聞いたアメリーが、持っていたリネンをソファに置いた。

「もうっ、スフィ。ちょっと奥様から離れなさいよ。貴女《あなた》、これまで勝手にうろうろしてたじゃないっ！　奥様を飾って、旦那様が甘く見つめる姿を見るのが私の楽しみなんだから……！」

「ア、アメリー？」

「あ」

アメリーがしまったというように両手で口を覆う。しかしそうしてみても、出てしまった言葉はもう戻せない。

ソフィアは驚いたが、すぐに声を上げて笑ってしまった。

アメリーにはこれまで不満を言わずに熱心に仕事をしてくれることに感謝をしていたが、まさか、ソフィアとギルバートの関係を見て楽しいと思ってくれていたとは思わなかった。アーベライン辺境伯領で言っていたやりがいというのも、このことだろうか。

「……ふふ、ふふふ」

「アメリーったら、もう」

カリーナもつられて笑っている。

ソフィアは今更だと思いながらも、右手でそっと口元を隠した。

ギルバートはソフィアが新しい服を着ると、必ず褒めてくれる。髪型を変えただけでも気が付いて、そっと髪に触れてくれる。

アメリーが言う通り、ギルバートがソフィアを甘く見つめてくれるのならば、今日は着替えて出迎えてみるのも良いかもしれない。

「――アメリー、今日はこの後着替えてギルバート様をお出迎えするから、用意しておいてくれるかしら。服は貴女に任せるわ」

ソフィアが頼むと、アメリーは瞳を輝かせてリネンをごそりと抱え直した。

「やった！　ありがとうございます、絶対可愛《かわい》くします」

アメリーが早足で部屋を出て行く。

スフィが乗っている膝が温かい。まだしばらく動いてはくれないようだ。

ソフィアは穏やかな時間に頬を緩めて、またペンを手に取った。


その日、ソフィアは帰宅したばかりのギルバートを庭園に誘った。

まだ日暮れは早く、夕方になると凍えてしまうほど寒い日々が続いている。

ソフィアはギルバートの手を引いて、それでも寂しく見えないように完璧に作り込まれている庭園を迷わずに歩いていた。

「――ソフィア、何かあったのか」

「どうしても、ギルバート様にすぐに見せたいものがあるんです……っ」

見つけたのは、今日の昼頃だ。食事を終えたソフィアが少し歩こうと庭園に出て、それを発見したのだ。

「こっち、こっちです」

「ここには――」

ギルバートが何かに気が付いたように口を噤《つぐ》む。

ソフィアは頷《うなず》いて、またギルバートの手を引いた。

中庭には、小さな四阿《あずまや》がある。

そこに思い出の花を咲かせたくて、ギルバートと共に株を植えた。

慣れない作業で土汚れを付けながら、庭師に教えを請うた。

それはまだ、雪深いアーベライン辺境伯領へ行く前のことだ。

「今日のお昼に見たら、咲いていたんです。ほら……！」

景色が広がる。

小さな四阿の周囲の花壇にはノースポールの花が敷き詰められていて、その白さが夜を少しだけ明るく見せていた。

「咲いたのか――」

ギルバートの口元が、ふわりと緩む。

その表情を見た瞬間、ソフィアは嬉《うれ》しくて泣きそうになった。

ギルバートがソフィアの肩を抱き寄せる。

大切な思い出が、ギルバートとソフィアの手で花開いたのだ。

◇　◇　◇

季節は巡り、春になる。

街中に色とりどりの花が咲き、少女達は自ら編んだ花冠を頭に飾る。

そんな花祭りの開始宣言は、王城の正面広場で行われた。

民衆もこの日ばかりは王城の敷地内に足を踏み入れ、テラスに出て挨拶をする王族の言葉を直接聞くことができる。人の笑顔が溢《あふ》れていた。

国王の挨拶の後で、王太子と王太子妃が並んで出てくる。変わらぬ美貌の二人だが、王太子妃は普段よりもゆったりとしたラインのドレスを着ているようだ。

その姿を見ただけで、広場の民衆達には嬉しい知らせの予感があった。

「――我が妻エミーリアには、新たな命が宿っている。春の訪れと共に、命の芽生えも祝ってほしい」

魔法で増幅された言葉を歓声が打ち消していく。

それは王城の外にも聞こえていたらしく、街道にも笑顔が溢れていった。

そんな人混みの中に、紙袋を抱えて走る一人の女性の姿があった。女性は肩口で切り揃《そろ》えた金髪に太陽の光を反射させながら、辿《たど》り着いたパン屋の扉を開ける。

翠《みどり》色の瞳が喜びできらきらと輝いていた。

「ただいま！　聞いた？　エミーリア様がご懐妊されたって発表があったって！　何か記念のパンとか作れないかしら。すっごく可愛いやつがいいわ！」

「お、それはめでてぇ！　どんなのが良いかね」

厨房《ちゅうぼう》の奥から、腕が太い男性が姿を現した。

焼き上がったパンを並べていた女性が、そんな二人を見て苦笑する。

「まったくあんたは、パンとお祭りには目がないんだから。おかえり、パティちゃん。嬉しい提案だけど、まずは手を洗ってからね」

「はーい！」

パティと呼ばれたパン屋の看板娘は、飾り気のない笑顔で洗面所へと駆けていった。

雪と思い出

「──ソフィア、何かしたいことはあるか？」

ギルバートがソフィアにそう聞いてきたのは、明日にはアーベライン辺境伯領を出発するという日だった。

事件から二週間が経《た》ち、魔獣によって荒らされたアーベライン辺境伯領の土地の整備のほとんどが終わった。昨日ソフィアの捻挫《ねんざ》も完治したと診察を受けたところだ。

ここまで働き詰めであった近衛騎士団員達は、今日は休暇となっている。王都に恋人や家族を残してきている者もいるため、土産を買う時間くらいあってもいいだろうという、辺境伯の配慮だ。

エミーリアの護衛には、領軍の者があたっている。

そうすると、ギルバートもまた休暇となるわけで──

「したいこと、ですか？」

朝起きてすぐに聞かれたソフィアは、寝台に腰掛けたまま首を傾《かし》げた。

「行きたい場所でも構わない。今日は一日、ソフィアと共に過ごしたい」

先に寝台を出て着替えをしながらのギルバートの言葉に、ソフィアはどうしようと悩むことになった。

ギルバートと一緒ならば、何をしても嬉《うれ》しい。

ギルバートは昨日も、すっかり暗くなるまで他の隊員達と共に仕事をしていた。ましてギルバートは魔法騎士であり、魔力量も多いため、特に魔獣達に酷《ひど》く荒らされた道の修復を受け持っていたようだ。疲れていないはずがない。

街に出て買い物をするのは楽しいが、同時に体力も消耗する。

「……ギルバート様は、何かありますか？」

悩んだ結果ソフィアが導き出した結論は、ギルバートに聞いてみる、ということだった。

ギルバートは僅かに眉間に皺《しわ》を寄せる。

「お前はないのか？」

「お土産も買ってありますし、特に思い当たることは……」

服を買いに行ったときに、邸《やしき》の皆と友人の分は買ってしまった。それらは既にこのアーベライン辺境伯邸に届けられていて、後は持ち帰るだけだ。

「そうか」

ギルバートは短く返事をして、何かを考えるようにこめかみに人差し指の先を当てる。

「街に出て足が痛くなったらいけない。少し外を歩いてみるか」

「大丈夫だと思いますけれど……」

「無理をすることはない。運動になるし、雪も積もっているから珍しいだろう」

ギルバートの提案に、ソフィアは瞳を輝かせた。

王都でも雪が降ることはあるが、これほどに積もることは稀《まれ》だ。きっと楽しい。

ソフィアは嬉しくなって、ぴょんと立ち上がった。

「はい……っ。雪遊びをしてもいいですか？」

笑顔で言うと、ギルバートは思わずといったように喉を鳴らして笑う。そのどこか気が抜けたような様子に危機が去ったことを実感して、ソフィアはまた嬉しくなった。

「構わない。無理だけはするな」

「はいっ」

ソフィアの頭を無造作に撫《な》でたギルバートは、外出の支度を終えたらサロンで合流しようと言って部屋を出て行った。入れ替わりにカリーナが洗顔用の湯を入れた盥《たらい》を持って入ってくる。

「おはよう！　ねえ、今の旦那様の言葉。今日はどこか出かけるの？」

わくわくしていることを隠さずに言うカリーナに、ソフィアも笑顔で頷《うなず》いた。

「うん。ギルバート様、今日はお休みだから。お外を歩いてみましょうって」

「良かったわね、ソフィア」

顔を洗ってタオルで拭った頃、アメリーとサラもやってきた。どこか落ち着かない様子でいるソフィアとカリーナに、二人も首を傾げる。

「何かあったのですか？」

「そうなのよ。今日は旦那様とお散歩デートなんだって」

ソフィアよりも先にカリーナが言う。

ソフィアは頬が少し熱くなっていることに気付いて僅かに顔を俯《うつむ》けた。手を頬に当てて、落ち着こうとゆっくり小さく息を吐く。

「カリーナったら……」

嬉しいけれど恥ずかしくて、ギルバートからの優しさや侍女達との会話でもすぐに照れてしまう。もうすぐ結婚してから二度目の春がやってくるが、こういうところは変われそうにない。それがもどかしくて、同時に少し嬉しかった。

そんなソフィアを見て、アメリーが顔を輝かせる。

アメリーはこのアーベライン辺境伯領に来てから、あまりソフィアの側《そば》にいなかった。どうやら能力を買われて、ギルバートとアーベライン辺境伯から直接仕事を頼まれていたという。外出予定がほとんど無かったため特に大きな不便を感じることはなかったが、アメリー曰《いわ》く、残念で仕方がなかったそうだ。

「旦那様と奥様が、雪の中でお二人きりで遊ばれるのですか⁉」

「え、ええ……そうよ」

普段は落ち着いた雰囲気で完璧な侍女らしく振る舞っているアメリーの目が、そわそわと泳いでいる。

カリーナよりも前のめりに聞いてきたアメリーに、ソフィアは思わず目を見張った。

最初に吹き出したのはサラだった。

次にカリーナが笑い出す。

「――ふふ、ソフィア。今日の衣装はアメリーに頼んでも良い？」

「良いけど、どうしたの？」

カリーナはソフィアの筆頭侍女で、アメリーは優秀な侍女だ。どちらのことも信頼しているので構わないが、この生ぬるい空気はどういうことだろう。

アメリーが衣装部屋に早足で移動し、カリーナも別の支度のために部屋を出て行く。そろそろと近付いてきたサラが、にまりと笑ってソフィアの耳元に口を寄せた。

「奥様。アメリーは奥様を着飾ることが何より楽しいのですよ」

サラの言葉に、ソフィアは余計に首を傾げることになった。

アメリーが選んだのは、赤と緑のチェック柄のワンピースだった。

横に広めに開いた襟の左側には同じ柄の大きめのリボンがついていて、ウエスト部分に切り返しが入っている。スカートはくるりと回れば真横にまで広がりそうなほど贅沢《ぜいたく》に布を使っていた。袖口とスカートの裾には黒いレースが縫い付けられ、上品な印象だ。

しっかりとした生地のワンピースで、内側に首が詰まった黒いカットソーを、足には黒いタイツを合わせているため、外に出ても温かいだろう。

事件の後に綺麗《きれい》にしてもらった白いマントを着て、同色のマフラーと手袋をする。茶色のブーツを履くと、冬らしく愛らしい装いになる。

髪飾りにも白いものを選び、ハーフアップに纏《まと》めてもらった。

「すっごく可愛《かわい》いわ！」

「奥様、お似合いです」

カリーナとサラが褒めてくれる。

この服を選んでくれたアメリーはどう思うだろうか。気になってそちらを向くと、アメリーはソフィアと目が合った瞬間に顔を赤くした。

「とてもお似合いです……」

そうはっきりと顔を赤くされると、ソフィアまで恥ずかしくなる。

「あ、ありがとう……！　そろそろサロンに行かないと。きっとギルバート様をお待たせしているわ」

誤魔化すように早足で部屋を出るソフィアに、アメリーとカリーナがついてくる。いつもは一人だけであることが多いのに、今日は二人だ。

どうしてだろうとカリーナに聞いてみると、アメリーがどうしてもサロンまでついてきたいと言ったからだという。

「サロンに行って、楽しいことなんてあったかしら」

マティアスが水浸しにした後、ギルバートが魔法で乾かしてくれたサロンだ。美術品がいくつも飾られていたため、雪が融《と》けたら念のために修復士を呼ぶそうだ。貴重な絵画は既に取り外されている。

アメリーは上品な所作で微笑《ほほえ》んだ。

「これが私のやりがいでございますから」

そう言われると、アメリーの目的はサロンに行くことではないのだと分かる。

つまり、おそらくアメリーは着飾らせた女性と共に歩きたいのだ。作った作品を誰かに見てもらいたい気持ちに近いのだと考えると、辻褄《つじつま》も合う。ソフィアの今日の服装はアメリーによるものなのだから。

「……やりがいになるのなら良かったわ」

照れてしまうけれど、そうしてアメリーが仕事を楽しんでくれるのならば良い。

実際のところ、アメリーの目的は仲睦《なかむつ》まじい美男美女を近くで観察しこっそり愛《め》でていたいということだ。

それを知らないソフィアは、アメリーの純粋な気持ちを嬉しく思った。まさかもっと恥ずかしいことを考え、それ以上のことまで妄想されているとはほんの少しも疑っていない。

サロンには先にギルバートがいて、本を読んで待っていた。すぐに出かけられるように、既にマフラーをしてすっきりとしたデザインのコートを羽織っている。

ソフィアの足音に気付いたギルバートが、顔を上げた。

「――お待たせいたしました、ギルバート様」

「いや、構わない」

そう言って立ち上がったギルバートが、本を書棚にしまった。ガラス戸を丁寧に閉めてから、ソフィアに手を差し出してくる。

「今日も可愛い。私のためと自惚《うぬぼ》れてしまうな」

いつもの慣れた仕草に自然と手を重ねようとしたソフィアは、ギルバートの褒め言葉に、手を取る前に固まってしまった。

「そ、そんな」

「愛らしくて、暖かそうだ。王城ではあまり見ない柄だが、よく似合っている」

確かに社交界ではチェックの柄のドレスを身につける者はほとんどいない。軽装の印象がある布だが、こうして着てみると仕立てのせいもあってしっかりとしたワンピースドレスに見える。

ソフィアは正面からまっすぐに褒められ、頬が熱くなった。

「……ありがとうございます。アメリー達が頑張ってくれたんですよ」

俯かないようにと思っても思わず下がってしまう視線を、そうはさせないというように、差し出されていたはずのギルバートの手がソフィアの頬に触れる。少し冷たい手が心地良かった。

思わず顔を上げると、口角を上げて穏やかに微笑むギルバートと目が合った。

「俯くのは勿体《もったい》ない。顔を上げていた方が良い」

その瞳の藍色を、アーベライン辺境伯領の夜明けの空に似ていると、ふと思う。真っ白な雪の中、差し込み始めた朝日に僅かに照らされた頃の空の色だ。

藍晶石の藍色だとばかり思っていた色に、新たに知った景色が重なる。

そんなことが、どうしようもなく嬉しかった。

「――どうした？」

「ギルバート様の瞳が……夜明けの空のようで」

思わず口に出すと、ギルバートの瞳が困惑したように揺れる。

「そんなことを言うのは、ソフィアくらいだ」

「そうでしょうか？」

こんなに綺麗なのに、勿体ない。

目が逸《そ》らせなくなってしまったソフィアは、暖炉の薪《まき》が小さく爆《は》ぜた音で我に返った。

ギルバートも同じだったようで、ソフィアの頬に触れていた手がぴくりと揺れて離れていく。代わりに右手を引かれて、ソフィアはギルバートと共にサロンを出た。

「あの、朝食は――」

「外で食べるように包んでもらっている。せっかく外に出るのならば、その方が面白いかと思ったのだが」

ソフィアと繋《つな》いでいない方のギルバートの手には、小ぶりのバスケットがある。中に朝食が入っているのだろう。

「わぁ、楽しみです！」

ソフィアはまた嬉しくなって声を上げた。

正面玄関の扉を開けると、外は一面の雪景色だ。積もった雪が朝日を反射してきらきらと輝いている。その白はこれまでに見たどの雪よりも白く見えた。

あまりの眩《まぶ》しさに、ソフィアは咄嗟《とっさ》に目を細める。

「昨夜降っていたようだ」

「そうなのですね。とっても綺麗な雪です……」

これから遅めの朝食という時間だからか、まだ正面玄関を使って出入りした者はいないようだ。使用人は裏の通用口を使う。領軍の訓練場などに行くにもここは使われないため、こんなにも綺麗なままなのだろう。

「ソフィアにも見せたいと思っていた」

明るさに慣れた目を斜め上に向けると、ギルバートと目が合った。そこにある瞳は、普段通りに優しい。その普段は、ソフィアが好きなものの一つだ。

「ありがとうございます、ギルバート様。行きましょう」

今度はソフィアがギルバートの手を引いた。

さく、と軽い音がして、ブーツが新雪を踏む。二人分の足跡が少しずつ長くなっていく。

ふとソフィアが思い立って振り返ると、幅も大きさも違う足跡が並んでいた。自然と笑い声が漏れて、ギルバートが怪訝《けげん》な顔をした。

ソフィアは首を振ってそれを受け流して、代わりに先を急ぐ。

それでも慣れない雪に苦戦しているうちに、ギルバートがソフィアよりも少し前を歩いていた。ギルバートはソフィアの足を気にしながら、なるべく平坦で安全な場所を選んでくれている。

歩き始めて十分ほど経ったところで、ギルバートが足を止めた。

「もう少しだが、大丈夫か」

「だ、大丈夫です……っ」

まだ歩けると思っているソフィアだが、怪我《けが》をしてから久しぶりに外出したせいか、これまで以上に疲労を感じるのが早いようだった。

ギルバートが眉間に皺を寄せる。

「……疲れているな」

ソフィアは首を振って、少し前のめりになっていた姿勢を正した。

「でも、もう少しなんですよね。頑張りたいです」

「足は？」

「痛くないですっ」

疲れてきてはいるが、痛くはない。やはり怪我はすっかり治ってくれていた。

「体力が落ちてしまったことの方が問題みたいで……」

「それならば、もう少し歩くか」

ソフィアは、今度はしっかりと頷いた。

歩いているのはアーベライン辺境伯邸の敷地内なのに、塀の内側の敷地が広く、真っ白な世界はどこまでも続いているような気がする。

先の角を曲がったところで、ソフィアは思わず歓声を上げた。

「わぁ……！」

そこには大きな池があった。池には橋も架かっている。今は池の上を歩くことすらできそうなほどしっかりと凍り付いている。

雪に埋もれているが、長椅子もいくつか置かれているようだ。

池の周囲には木も生えている。常緑樹なのか、白い世界に鮮やかな緑が目に優しい。

「氷が張っていない時期には馬の水飲み場になるそうだ。ここには多くの馬がいるから」

「それでは、冬は大変ですね」

「ああ。冬の領軍では、朝の日課が水運びらしい。体力作りの基礎トレーニングなのだそうだ」

「それは……」

感心するのが正しいのか、それともやはり大変なのか。ソフィアには、身体《からだ》を鍛えるために水を運ぶという感覚がよく分からなかった。

「――……私も、水を運べば体力がつくのでしょうか……？」

「くく……っ、ふ。止《や》めておけ。まずは邸の中を歩いた方が良い」

何となく口にした言葉は、ギルバートにはとてもおかしなことだったらしい。目を細めておかしそうに笑ってから、しっかりと忠告をされた。

確かに、今のソフィアではとても水が入った大きな桶《おけ》を持って動ける気がしない。

「はい……」

しゅんと俯いてみせると、ギルバートの手がぽんとソフィアの頭に乗った。

「とりあえず食事にしよう。少し待っていてくれ」

ギルバートが魔法を使い、長椅子の一つを食事用に整えていく。雪を払い、乾燥させ、ベンチの周囲を魔法で暖かくする。

ソフィアが呼ばれたときには、暖かくする魔法を使われた長椅子の足元の雪は融けて地面が露出していた。中央にはバスケットが置かれている。

中にはホットサンドと温かいスープが入っていた。

ソフィアとギルバートはバスケットを挟んで隣同士に腰掛けた。安堵《あんど》からほうっと吐いた息は透明で、暖かさに少しずつ冷えていた身体が解れていく。

ソフィアがホットサンドを頬張ると、ベーコンと卵の旨《うま》みが口の中に広がった。何となく懐かしい気持ちで隣に目を向けると、ギルバートもまた、一口食べたところだった。

「どうした？」

「いいえ、なんだか懐かしくて」

「懐かしい？」

ソフィアはそっと口角を上げ、またホットサンドを食べた。

ソフィアがフォルスター侯爵邸に世話になるようになって数か月間、ソフィアは使用人として働いていた。その頃、よくカリーナと一緒にベンチで食事をしていた。

ギルバートのことを想《おも》ってはいけない人だと言ったこともある。

涙を堪《こら》えて食べたホットサンドの味を、ソフィアはきっと忘れないだろう。

「以前、使用人として雇っていただいていた頃……こうして長椅子に座って食事をしたものですから」

「ああ。家ではよく裏庭で食事をする者がいたか」

「ギルバート様、あまりご存じではないのですか？」

「希望を聞いているから、知ってはいるが」

ギルバートは普段王城に出仕していることが多いから、日中の邸内の事情をあまり知らないのだろう。使用人からの希望はすぐに改善されていたため、なんとなく知っているとは思っていたが、それは実情までを理解しているというのとはまた違うようだ。

「侯爵邸の庭は、季節によって咲く花が違うので、休憩のときの食事に人気の場所なのですよ。だから、綺麗な花壇の前なんてすぐに埋まってしまって……逆にまだ咲いていない花壇を見ながら食事したこともありました」

「そうなのか」

スープが熱くて美味《おい》しい。ここに持ってくるまでに冷めてしまうから、きっとギルバートが魔法で温めてくれたのだろう。

少しとろみのあるそれが喉を抜けていくと、不思議と会話も自然に続くようになる。心と身体が温まって、きっと安心しているのだろう。

「はい。寒い時期は使う人が減るので、内緒話なんかにも使っていて」

「ソフィアも内緒の話をしていたのか？」

「えっ」

ギルバートの問いにソフィアは肩を跳ねさせた。

取り落としそうになったホットサンドを慌てて掴《つか》み直す。

目に見えて慌ててしまったソフィアは、恥ずかしさで頬が熱くなるのを感じた。今の行動の理由も、そのときにしていた内緒話の中身も、どちらもあまりギルバートに知られたくない。

あの頃ソフィアがカリーナにしていた内緒話は、ギルバートとのことばかりだった。

ソフィアは真っ赤な顔を俯いて隠して、ギルバートに問い返す。

「ど、どうして急にそんな──」

「聞いてみただけだ」

返ってきたのは短い返事だ。

顔を上げると、しっかりと上がった口角が見えた。

ギルバートが揶揄《からか》っていたのだと気付いて、ソフィアは頬を膨らませてみせる。

しかしギルバートにはそれも愛らしい抗議でしかなかったようだ。喉を鳴らして笑っているギルバートを横目に、ソフィアは勢い良く朝食を食べた。

防寒具をしっかり身につけ直してベンチを離れると、ギルバートもまた食事を終えて立ち上がる。

「寒くないか」

「寒いですが、それも楽しいですよ」

ソフィアは早速、手の平ほどの大きさの玉を作ることにした。

持たされていた手袋をつけて、雪を握る。ぎゅっ、ぎゅっと握ると、まだ柔らかな雪はソフィアが想像していたよりも小さくなって、歪《いびつ》な形になってしまった。

「……何を作るつもりだ？」

「いえ、その、雪だるまを」

「まだ柔らかい雪だから、もう少し軽く握った方が良いかもしれない」

ギルバートがソフィアに歩み寄ってくる。

その足元で、通った場所の雪が少しずつ融けていった。周囲を温かくする魔法を使ったままなのだろう。一面の雪景色だった場所なのに、ギルバートが歩いた後にだけ地面がちらりと見えていたり、雪融け水が溜《た》まっていたりしている。

森での任務のときには魔法を使っていなかったのに、止め忘れたのだろうか。

ソフィアは慌ててギルバートに声をかけた。

「ギルバート様っ、魔法が——」

ギルバートが立ち止まって振り返る。後ろばかりでなく今も足元の雪がどんどん融けていくのを見て、ギルバートは何度か瞬きをして苦笑した。

「——……そうだな」

やはり長椅子で使った魔法をそのままにしていたらしい。

ソフィアも笑って、首を傾げた。

「そういえばギルバート様、子供の頃に季節外れの服を着て叱られたって言っていましたね」

「……ハンスはいつも上着やマフラーを持って追いかけてきた」

「では、雪遊びはできなかったのではないですか？」

「雪で遊ぶという感覚があまりなかった」

ソフィアは言葉を切った。

ギルバートは腕輪を作るまで、フォルスター侯爵邸の外の人とはあまり関わらないようにしていたと言っていた。触れただけで心を読んでしまうため、子供同士で自由に遊ぶこともなかったのだろう。侯爵夫妻も多忙である上、王都で雪が降る回数はそう多くない。それならば、雪遊びを知らないままでもおかしいことはないだろう。

ギルバートがソフィアに問いかける。

「私より、お前の話が聞きたい。子供の頃には、よく雪で遊んでいたのか？」

ソフィアは頷いて、また雪を取った。今度は先程よりも多い。

それを楕円形《だえん》に丸めて、また雪を足す。そこから木の側まで歩いて、下に落ちていた葉っぱを二枚くっつけた。赤い小さな実が生っている木から二つ貰《もら》って、その少し下に付ける。

「兎《うさぎ》か？」

「はい。可愛いでしょう？」

ソフィアは言いながら、忘れていた尻尾を雪で作ってくっつけた。

少し歪《ゆが》んでいるような気もするが、一応しっかりと兎には見える。

「そうだな。こうして見ると、雪も良い」

ソフィアはまた雪玉を作り始めた。

「――私は、領地で遊ぶことが多かったです。ここほどではありませんが、レーニシュ男爵領は、王都と比べればよく雪が降るので」

雪の季節に領地にいたのは幼い頃までだった。社交シーズンに当たるため、いつからか冬は王都のタウンハウスで過ごすことが多くなっていた。

「雪が積もると、よく外で遊んでいました。お父様が遊んでくれるときには雪で簡単な家を作ることもありましたよ」

「雪で家、か？」

「はい。こんな感じで……」

ソフィアは作っていた雪玉に雪を足して両手に持てる分だけの雪で半球状の塊を作り、その片側を指で少し掘った。

「なるほど。冬期の野営の応用か」

「野営、ですか？」

「そうだ。中に入ると風がなく暖かいから、作る訓練をすることがある。そのときには雪帽子と呼んでいたが」

「雪帽子、ですか」

言われてみれば、確かに帽子を伏せて置いたようにも見える。むしろ簡単な家と言うよりもずっとしっくりとくるような気がした。

「これも雪遊びになるだろうか」

「勿論《もちろん》ですっ」

覚えた過程は遊びとはほど遠い気もするが、雪遊びの一つに違いない。

思いきり頷いたソフィアに、ギルバートも小さく頷き返した。

「……では、作ってみよう」

言うが早いか、ギルバートはたくさんある雪を使ってあっという間に雪山を作ってしまう。手で作っているだけかと思ったら、よく見ると魔法を使って周囲の雪も一緒に勢い良く集めていた。

ソフィアが驚いている目の前で、ギルバートが手の平をかざして半球状の雪山の一部を融かして穴を開けていく。

「え、え……？」

ソフィアは驚いて目を見張った。

融けてできた水はいつの間にかできていた雪の窪《くぼ》みに沿って雪帽子の外へと流れていく。ギルバートが中に入り、壁と天井を押し固めた。

大きなショベルがないと作れないと思っていたはずの立派な雪帽子が、こんなに短時間でできてしまった。野営で使うというのなら作る速さが重要になるということは分かるのだが、それにしても、これではあまり遊んだ気がしない。

ソフィアは、記憶の中の雪帽子の作り方と、今目の前でギルバートがした雪帽子の作り方の違いを受け入れきれないまま、ギルバートが作った雪帽子を見つめた。

「中に入るか？」

しかしギルバートは、全く気にしていないというようにソフィアを呼ぶ。

かつてソフィアの父親が、ショベルで雪を積み上げては固めてを繰り返したり、穴を掘って崩れそうになったところを慌ててソフィアが手で押さえたりして作った、雪の家。

目の前に同じものがあると、あの頃の記憶を鮮明に思い出してしまう。

楽しい記憶だった。

失われていなければ、楽しいだけの記憶だった。

ソフィアは振りきるように笑顔を作った。

「はい、入ってみたいです！」

早足でブーツを履いた足を動かして、雪帽子の中に入って端に座った。中も綺麗なドーム状になっており、四人は入れそうなほどの大きさがある。

当然ソフィアが子供の頃に父親と身を寄せ合って入ったものよりも、ずっと大きい。

ギルバートがソフィアの後を追って、身をかがめて中に入ってくる。隣に座って手を繋がれると、まるでいつもの二人きりの部屋にいるように錯覚する。

「……気になることでもあるのか」

ギルバートの問いにソフィアの鼓動が大きく鳴った。

「どうしてですか？」

「先程から、何かを我慢しているような顔をしている」

「——……っ」

ソフィアは息を呑《の》んだ。

ギルバートは、触れた相手の心の中を読むことができる。魔力が強すぎることの副作用として現れている力で、多少なりと魔力を持つ者であれば、何を考えているか分かってしまう。

便利な能力だが、そればかりではない。

ソフィアはギルバートと繋いでいる手を見下ろした。

こうしてギルバートがソフィアに触れるのは、魔力の無いソフィアからは何も読み取れないからだ。

「言わねば分からない」

繰り返される言葉はギルバートにとってはただの事実で、ソフィアを知るための唯一の手段だ。それを諦めないでいてくれることが、いつでも知ろうとしてくれることが、ソフィアは嬉しい。

そんなギルバートのことが、大好きだ。

だからソフィアも、いつだって伝えることを諦めない。

「父と作った雪の家はこの半分くらいの大きさで。父は、雪の中なのに汗をかいて作ってくれたんです。……思い出して、なんだか懐かしくなってしまって」

立派ではなくて、時間もかかって、どこか不格好だったそれに、ソフィアは父親の不器用さと確かな愛を感じていた。綺麗な雪帽子を見て思い出したなんて言ったら、父親は困ったように笑うかもしれない。

「そうか」

短く答えたギルバートが、大きな雪帽子の天井を見上げる。

「……次は私も、ショベルで作ってみようか」

ソフィアは驚いて、顔を上げた。

「ギルバート様がですか？」

「私がそれをしていたら、変か？」

ギルバートの目が、ソフィアの目と合った。

気遣わしげな瞳には、同時に好奇の色も覗《のぞ》いている。

「変じゃないです。楽しいです」

完璧でなくても、歪でも良い。

ゆっくり一緒に作ることができれば、どんなものができたとしても、大切な時間になるだろう。

「では来年。……約束だ」

「はいっ！」

ソフィアが笑うと、ギルバートも柔らかく笑ってくれる。

繋いだ手を解いて、そっと小指を重ねた。新しい約束は、とても些細《ささい》な、大切なものになった。

ソフィアは雪帽子の中から外を見る。

「――でも、この立派な雪帽子もすごいです。これなら中でゆっくりできちゃいますね」

「少し待て」

雪帽子から出て行ったギルバートが、長椅子に置いたままにしていたバスケットを持ってくる。

ギルバートは慣れた様子で中に入っている魔道具のポットを使って、マグカップに温かい紅茶を注いでくれた。

「熱いから気を付けろ」

「ありがとうございます……」

「菓子もある」

バスケットの底には紙袋があって、中にはクッキーが入っていた。エミーリアとの茶会で出してもらったクッキーだ。

「お菓子まで」

「外で食事をしたいと言ったら、妃殿下が持たせてくれた」

エミーリアは茶会のときに、このクッキーは料理人の自信作だと言っていた。他の菓子もあったが、一番のおすすめらしい。ソフィアも美味しいと言って食べて、そのときちょうど窓から見えたギルバート達の訓練姿を目で追っていた。

「以前エミーリア様にいただいたものです。美味しかったから、ギルバート様にも食べていただきたいと思って――」

「――ソフィアにだとばかり思っていたが、これは、私への気遣いか」

ギルバートがどこか驚いたように言う。

エミーリアならば、ソフィアのための焼き菓子は一度出したものと同じ菓子は選ばないだろう。ソフィアはエミーリアの優しさが嬉しくて、クッキーを摘まんでギルバートに差し出した。

「本当に美味しかったのですよ。食べてみてください」

ギルバートはソフィアの顔と差し出した手を見比べてから、口を開けてソフィアが持っているクッキーに齧《かじ》りついた。

てっきり手で取ってくれるだろうと思っていたソフィアは、自分が大胆なことをしたと気付いて、顔を赤くする。ギルバートの銀の髪が指先を掠《かす》めていって、その擽《くすぐ》ったさにどきりとした。

離れていく顔には悪戯《いたずら》な微笑が浮かんでいる。

「ん。確かに、これは美味しい」

唇の端についているクッキーの粉を親指で拭う仕草までも、ソフィアの体温を上げていく。

「よ、良かったです……っ」

「ソフィアも好きだろう」

今度はギルバートがクッキーを摘まんで、ソフィアに差し出してくる。口の前に出されれば、このまま食べて構わないという意味だとはっきり分かってしまう。

ギルバートがこのような揶揄いをすることは珍しい。

恥ずかしいし、どうしていいか分からない。顔は赤くなっているし、心臓の音も煩《うるさ》い。それでもソフィアにはそれが嫌ではなかった。

「い、いただきますっ」

行儀の良いことではないが、今ここは雪帽子の中だ。二人きりで、使用人すらいない。凍り付いた池しかないこの場所に、わざわざやってくる者もいないだろう。

ソフィアは思いきって口を開けて、ぱくりとクッキーを食べた。思いきりすぎてしまったせいで、ギルバートの指先まで唇に触れてしまう。慌てて顔を離したが、クッキーとは違う冷えた指先の温度を唇が覚えていた。

「……こういうことは互いに慣れないな」

ギルバートが苦笑して、ソフィアが食べてしまったせいでクッキーの粉がしっかりと付いている指を軽く舐《な》めた。

その仕草を目で追ってしまったソフィアは、慌てて顔を俯ける。

「う、うう。恥ずかしいです……」

「そうだな。……せっかくだから、もう少し雪で遊ぶか」

ギルバートが雪帽子の外に顔を向け、おもむろに腰を上げる。どうするのだろうと視線で追いかけるソフィアの前で、ギルバートは外に出て雪玉を作り始めた。

小さめの雪玉を作り、それに雪をくっつけて大きくしていく。ある程度の大きさになると、転がして歩き始めた。

ようやく頬の熱が冷めてきたソフィアは、ギルバートに声をかける。

「何を作っているのですか？」

「雪だるまを作ろうと思う。一緒にやるか」

ギルバートが作っている雪玉は歪な形で、全くまんまるではない。それでも大きくなっていくそれに、ソフィアの心が晴れやかになっていく。

「やりますっ」

思いきって外に出ると、真冬の冷たい風が頬を一気に冷やしていく。作業の手を止めて歩み寄ってきたギルバートが、いつの間にか落ちていたソフィアのマントのフードを被《かぶ》せてくれた。

それから二人で作った雪だるまは、雪帽子の半分ほどの高さになった。

歪な形の雪玉を三つ重ねて作ったそれに、ソフィアは落ちていた枝と葉、赤い実を使って、目と鼻と口、そして両腕を付けた。

頭に大きな葉っぱを乗せると、真っ白な雪玉を重ねただけだったそれは少し間の抜けた表情になる。

「できましたっ」

「……この顔は何だ？」

「丁度良いものがあったので、付けてみました」

「そうか。……上手《うま》くできたな」

ギルバートの手がソフィアの頭に乗る。

いつの間にかすっかり慣れた手つきで、大きくて硬い手の平がソフィアを撫でた。

『上手にできたね』

優しい声が、ソフィアの脳裏を過《よぎ》った。

あれは、幼い頃の父親の声だ。

ソフィアは手の平に乗るサイズの小さな雪だるまを作って、父親に見せていた。

褒めてもらって、優しく頭を撫でてくれた、大きな手。

撫でてくれる手が、褒めてくれる人が違っても、今のソフィアは幸福だ。

たまに思い出して懐かしむようになれたこともまた、過去を思い出として処理できているからなのだろう。それは寂しいけれど、嫌な感覚ではない。

もう一度、目の前にいるギルバートの顔を見上げると、綺麗な藍色の瞳がソフィアをまっすぐに見つめていた。

大好きな人。

ソフィアを守ってくれて、大切にしてくれる人。

誰よりも、ソフィアが幸せにしたいと願う人。

たった一人のこの人と、ソフィアはこれからもたくさんの思い出と約束を積み重ねていく。

「ギルバート様、愛してます」

微笑みと共に自然と溢れた言葉は、こみ上げてきた素直な想いだ。

ソフィアの言葉は、甘く、優しい口付けを迎えに行く。

「私も愛している」

柔らかな声は暖かく、ソフィアを包む。

抱き締められた腕の中で、ソフィアはいっぱいに伸ばした両腕で、ギルバートからの愛の言葉まで一緒に思いきり抱き締めた。

ただの夫婦でいるために

「あーもうっ。こんなに過保護になるなんて聞いていないわ」

エミーリアは、王城の私室でごろんと寝台に寝転がった。

妊娠が発覚し、マティアスと喧嘩《けんか》したことをきっかけに家出の名目でアーベライン辺境伯領に行ったエミーリアが王都に戻ってきてから十日が経《た》った。

エミーリアはまだ、自室と執務室、そして王族しか入れない中庭以外の外出を許されないままでいる。

「仕方ないだろう？　殿下がエミーリアにここにいてほしいと言うのだから」

「ファニ。貴女《あなた》、私と殿下どっちの味方なの？」

「今は殿下かな」

「なんでよ、もう」

ファニと軽口を叩《たた》くことができるだけ気が紛れるが、社交もしていないのでは話題も増えない。それもまた面白くなかった。

エミーリアがアーベライン辺境伯領に行っている間に、王都では様々なことがあった。

エミーリアの執務室から堕胎剤入りの水差しが見つかった。

拘束していた侍女は、ギルバートの取り調べ前に殺された。

エミーリアの影響力を削ぎ落とそうと、いくつもの謀《はかりごと》が企てられた。

思うようにいかないならと、魔獣によるアーベライン辺境伯領の強襲が行われた。

そもそも、ソフィアとギルバートの新婚旅行のときの竜によるアウレ島襲撃も、同じ理由で行われていたものだったらしい。

エルツベルガー公爵が逮捕されたことで、これから貴族内の派閥にも大きな動きがあるようだ。

それらの事情を鑑みると、マティアスがエミーリアに過保護になるのも仕方のないことだ。

エミーリアの腹の中にはマティアスとエミーリアの子がいる。どうか無事に生まれてきてほしいと願うのは、当然のことだろう。

ファニが仕方がないというように肩を落とす。

「せめて公表するまでの我慢だよ。今は隠しておかなければならないから、こうして最低限の人間としか会わないようにしているんだって」

「知っているわよ」

とはいえ、エミーリアにも不満はある。

辺境伯領から帰ってきたら、侍女の半数近くが入れ替わっており、しかもエミーリアが直接顔を合わせるのは数人のみになっていた。

代わりにこれまで以上にファニが常に近くにいる。

つきっきりなのが侍女であれば文句を言ったかもしれないが、ファニであればエミーリアも気を遣わずに済むため、文句も言いづらい。

エミーリアの知らぬ間に私室と執務室内で段差があった場所には絨毯《じゅうたん》が敷かれ、寝具は普段よりも少し暖かいものに変えられていた。

そんなことができるのは、マティアスだけだ。

そんなに心配するのならば直接エミーリアの顔を見に来れば良いのに、相変わらず忙しさを理由になかなか顔を出してはくれない。

「……籠《かご》の鳥にするなら、ちゃんと鳥が飽きないように愛《め》でなさいよ」

エミーリアが天井に向かってした呟《つぶや》きに、ファニが思わずというように吹き出した。

「エミーリアって、実はとっても可愛《かわい》いよね」

「何を言うの」

エミーリアは少し拗《す》ねてファニを睨《にら》む。しかし幼い頃からエミーリアを知っているファニは何でもないことのように受け流す。

社交界の華の王太子妃も、二人で会話をしていると普通の女性だ。

「自由になりたいって言うのかと思ったら、会いに来いだもんな。本当に、殿下のことが好きなんだねえ」

「――……好きじゃなきゃこんな面倒なのと結婚なんてしてないわよ」

「それもそうだ」

でもエミーリアは、ファニにも言えずにいることがある。

これまでずっと、一人で何でもできた。たとえ暴漢に襲われても、遠くからの狙撃でなければ対応できる自信があるほどだ。それなのに、妊娠と共に行動が大きく制限された。

こっそり行っていた戦闘訓練は当然禁止された。推奨される軽度な運動は、筋肉トレーニングや剣術を含まないのだそうだ。

おすすめの運動は散歩らしい。それも毎日中庭を歩いていたら、競歩をしろとは言っていないと侍医に叱られた。

大好きな紅茶も葡萄《ぶどう》酒も禁止だ。代わりに数種類のハーブティーをいつも飲んでいる。

「お腹《なか》の子のためだと思わないと、やってられないわね」

エミーリアの趣味が果実水作りや手芸、読書であればよかった。そういうものが好きならば、きっと室内でも退屈せずに過ごせただろう。

「エミーリアの場合は特にそうだろうね。でも、辺境まで馬車旅してる時点でかなり無茶しているんだから。その自覚を持って」

「分かってるわ」

色々と我慢が必要なことは分かる。エミーリアもそれ自体に不満はない。自分の母親もそうしてきたのだと思えば、興奮すらする。

エミーリアの不満はただ一点、マティアスが顔を出さないことだ。

現状、エミーリアは過保護にされていても『自分は顔を出せないからファニと遊んでいて』とマティアスから言われているとしか感じられなかった。

「――マティアス様の馬鹿」

二人きりのときの呼び方で読んで、溜息《ためいき》を吐《つ》いた。

マティアスが忙しいのは分かっている。

アーベライン辺境伯領で久しぶりに顔を見たマティアスの姿を思い出し、今は側《そば》にいられるのだから、と自らに言い聞かせた。


その日の夜、エミーリアがそろそろ眠ろうとしている頃になって、マティアスがエミーリアの寝室にやってきた。

エミーリアは驚いて肩に掛けたストールを整え直してから部屋に迎え入れる。

「どうされたのですか」

「いや、今日は一緒に休もうかと思ったのだけど――」

「まだしばらくお忙しいのかと思っておりましたわ。でも、いらしたのであれば、どうぞ。お入りになって」

部屋に入ってきたマティアスは、確かにもう夜着に着替えている。後は眠るだけという格好で来ているのだから、エミーリアの質問は間違っていた。

責めるような口調にも聞こえてしまうことに気付いたが、今更訂正もできなくて、エミーリアはどうしようかと視線を彷徨《さまよ》わせた。

そして、テーブルの上に置かれていた水差しとグラスに目を止める。

「果実水、飲まれますか？」

「そうだね。貰《もら》うよ」

マティアスとエミーリアは、以前から二人で眠る前によく使っているソファに並んで座った。その感覚に、小さな違和感を覚える。

違和感の原因に気付かないまま、エミーリアが二人分のグラスに果実水を注いだ。

「柑橘《かんきつ》系のものですが」

「ありがとう」

マティアスがグラスを持ったことを確認してから、エミーリアも一口飲んだ。グラスを置くと、二人きりの部屋にかたんと小さな音がする。

思えば、こうして夜をゆっくり過ごすのは随分久しぶりだ。

エミーリアは先程の違和感の正体に気付いてはっとした。

二人で過ごすことができなかったのは、エミーリアが先に眠ってしまうことが多かったからだ。そして、事件の前にマティアスが執務室に泊まり込むことが多かったのは、アウレ島の事件の後処理や調査のためだろう。

エミーリアがマティアスに腹を立てたときだって、今になって落ち着いて考えると、マティアスは全ての用件を書面にさせるほど慌ただしい日々を送っていたのだ。

エミーリアも社交シーズンということで普段以上に執務を抱えていたが、アウレ島の事件の調査をしていて多忙になったのならば、その忙しさはエミーリアのためのものだ。

今だって、エルツベルガー公爵の件の後処理をしてくれているに違いない。

普段通り国のために執務をしながら、特別にエミーリアの安全のために時間と手間をかけてくれている。そう思うと、最初に怒ってしまったことも含めて、どうしようもなく申し訳ない気持ちになってしまった。

「――マティアス様、申し訳ございません」

エミーリアは素直に頭を下げて謝罪することにした。

今の不自由だって、マティアスがエミーリアを守るためにはそうするしかなかったのだろう。

マティアスは驚いたようにエミーリアを見つめている。

「――どうしたのですか？」

「いや、私は、今夜は、エミーリアに叱られるだろうと思っていたから」

「どうして叱るのです？」

「それは、だって……」

マティアスの目が泳いだ。

エミーリアは口元に右手を寄せて、くすりと笑う。

「連れ戻しておいて、私を全く構ってくださらないからですか？」

「う」

「それとも、行動制限ばかりして、私に息苦しさを感じさせているからかしら」

エミーリアの追撃に、マティアスはがくりと項垂《うなだ》れた。

「そうだよ」

今は束ねていない長い金色の髪が肩からはらりと落ちていく。丸まった背中には、王太子の威厳などまるでなかった。

エミーリアはその背中を優しく撫《な》でてから、勢い良く一度ばちんと叩いた。

マティアスが弾《はじ》かれたように顔を上げて、空色の瞳をエミーリアに向ける。

「何をするんだ、急に――」

マティアスが抗議しかけた言葉を止めた。

エミーリアは平手の形にしていた手を持ち上げ、指先で乱れているマティアスの髪をそっと耳に掛けてやる。

絹糸のような髪というのは、こういうものだろうかとどうでも良いことを考えた。エミーリアの髪はどちらかというと強くしなやかだから、マティアスの髪質が少し羨ましい。

「マティアス様が私に黙って、私のために色々と動いてくださっていたことは分かりました。もう全部許してあげますわ」

「エミーリア……」

「ですから、私の方こそ申し訳ございません。王太子妃であるのに、殿下が時間を作ってくださらないことで勝手に拗ねておりました」

エミーリアが言うと、マティアスは眉間に僅かに皺《しわ》を寄せた。

「私は君と二人のときには、『マティアス』だ」

「ええ」

「君にも、『エミーリア』であってほしい」

マティアスがそう言って、エミーリアの手を取った。

まっすぐ正面から見つめられて、エミーリアは目が逸《そ》らせない。

「マティアス様……？」

それは、まだ結婚をする前から何度も言われてきた言葉だった。

マティアスは人前では王太子であり、結婚した相手も強制的に王太子妃にしてしまう。互いにその立場からは逃れられないし、マティアスはその重責ある立場を切り捨てるつもりがない。

だから二人きりのときだけは、互いに互いだけの存在であろう、というもの。

エミーリアはマティアスと結婚し、王家の嫁として王太子妃の地位を得たときに、その本当の意味を知った。

背負う荷物は下ろせないけれど、それでも、自分自身を見て、受け入れてくれる存在がただ一人いる。そのことが、王太子妃になったばかりのエミーリアにとって、どれだけ支えとなったことか。そして生まれながらにそれを背負っているマティアスは、なんてすごい人なのだろうと思わされたものだ。

エミーリアはマティアスの言葉の真意を探るように、空色の瞳を覗《のぞ》き込む。

「エミーリアは、私が時間を作れずにいることを怒っていいんだ」

マティアスがエミーリアとの距離を詰めて、そっと、優しい手つきで抱き締めた。

エミーリアは驚いて、マティアスの腕の中で首を傾《かし》げる。

「でも私が怒ったら、マティアス様は困りますわよね？」

マティアスが思うように行動できないときには、相応の理由がある。それを知っていてなお、怒れというのは難しい。

「……怒ってほしい、というわけではないかな」

マティアスが腕を緩めて、エミーリアの顔が見える至近距離でこちらを窺《うかが》っている。

エミーリアもまた、マティアスの次の言葉を待っていた。

「今回私は、君の妊娠報告を聞き逃して、君を怒らせた。そして君が実家の領地に帰ってしまったのに、すぐに追いかけなかった」

「ですがそれは――」

「まあ、良いから。……ピンチにぎりぎり間に合って駆けつけ、格好がつかない方法で助けたが、ようやく王都に君を連れ戻したにも拘《かかわ》らず、私は君に護衛騎士だけつけて、部屋にはほとんど顔を出さない」

「――……そうですわね」

そこだけ切り取れば、多くの人は酷《ひど》い夫だと言うだろう。

マティアスがふっと破顔する。

「ほら、酷い夫だろう？」

マティアスはそう言って、降参というように両手を顔の横でひらひらと振った。そのどこか間抜けな仕草に、エミーリアもつい吹き出してしまう。

二人でひとしきり笑った後、マティアスはエミーリアの髪をそっと梳《す》くように撫でた。

「君は、どこにでもいるような妻の一人として、夫である私を責めていいんだ」

エミーリアは今度こそ、目から鱗《うろこ》が落ちた感覚がした。

確かに、マティアスは王太子でエミーリアは王太子妃だが、二人の関係はただのどこにでもいる男女と同じ『夫婦』だ。

だから、普通の夫婦が抱くものと同じ感情を抱いたところで、いけないことはない。

知っていたはずなのに、エミーリアはすっかり忘れていた。

鼻の奥がつんとする。

今更になって、エミーリアは泣きそうになっていた。

「……話を聞いてくれなくて、悲しかったですわ」

「うん」

「会いに来てくれなくて、寂しかったです」

「そうだね。私もすぐにでも会いに行きたかった」

マティアスの右手が、落ち着けるようにゆっくりとエミーリアの背中を撫でている。

エミーリアの口からは、本人には言うつもりのなかった言葉が溢《あふ》れてくる。

「お腹の子のことを考えると不安で」

初めてのことばかりで、どうして良いか分からなかった。

「不穏な雰囲気が、心細くて」

「ごめん」

「何かあっても戦えないと思うと、普段なら何でもない戦いでも怖かった……！」

視界が滲《にじ》む。誰にも見せてはいけない涙だが、マティアスにならば良いだろう。だってマティアスは、エミーリアにとってはただの夫なのだから。

思うように動けない身体《からだ》。

きな臭くなっていく領地。

戦いに行くことができる皆が羨ましくて、足手まといにしかならないことが悔しかった。

マティアスが側にいないことが、あんなに心細いなんて思わなかった。

「ごめんね、エミーリア」

マティアスが思いきりエミーリアを抱き締めようとして、途中で腕の力を緩めて優しく引き寄せるだけにした。それがエミーリアのお腹の子のことを考えての手加減であることが分かって、エミーリアもそっとマティアスを抱き締め返す。

「もう、そんな思いはさせせない。今日からは、毎晩ここで共に眠るよ」

「でも——」

それでは執務が終わらないのではないかと視線で問うと、マティアスはにいっと口角を上げた。

「大丈夫だよ。……そのために、今日まで必死で片付けてきたんだから」

「マティアス様、またご無理なさったのですね」

よく見ると、マティアスの目の下には誤魔化しきれない隈《くま》がある。

エミーリアのためにと無理をして頑張ってくれたに違いなかった。

「君のためにする無理なら、いくらでもできるよ」

「また、そんなことを仰《おっしゃ》って。知りませんわよ」

エミーリアはマティアスの首元に顔を押しつけて涙を拭いた。

マティアスはそんなエミーリアの仕草に笑う。

「だから頼むから、せめて公表するまで、もうしばらく私の籠の鳥でいてほしい」

妊娠中で戦えないエミーリアが外に出るならば、普段以上の護衛が必要だ。

黙っていてもエミーリアの服装やマティアスの行動から絶対に気付く者は出るだろう。それでも公表前では、堂々と護衛を増やすことはできない。

籠の鳥でいることにも理由があることは知っているから受け止めるつもりではいたが、こうしてマティアスから直接言われるのであれば悪い気はしない。

それどころか、心配されていることが擽《くすぐ》ったいくらいだ。

「仕方がありませんから、受け入れて差し上げますわ」

笑い返したエミーリアは、今よりもずっと賑《にぎ》やかになるであろう未来を思い描いて、目を細めた。

あとがき

こんにちは、水野沙彰です。『捨てられ男爵令嬢は黒騎士様のお気に入り5』をお手に取っていただき、ありがとうございます。こうしてまたお会いできましたのは、応援してくださっている読者様のおかげです。心よりお礼申し上げます。

本巻から、完全書き下ろしとなっております。

5巻はマティアスとエミーリアが中心となるお話です。

登場回数は多かったのに挿絵が無かったマティアスに、やっとイラストを付けてあげることができました。たくさん頑張った分、しばらくエミーリアとゆっくり仲良く暮らせていたら良いな、と思います。

そして、本巻初登場のファニですが、実はコミカライズでは先に描いていただいておりました。コミックス1巻にいます！　もし気付いた方がいらっしゃいましたら、是非報告してください（笑）。

本巻の発売は3月頭で、作中のほとんどが冬なので、表紙どうしよう……などと思っておりましたら、宵マチ先生が冬らしく春らしい素敵な表紙を描いてくださいました。雪とお花が両方あるの、可愛くて大好きです。

作中では、冬から春に季節が移り変わっています。こちらの世界でも、発売の頃には春の始まりですね。お読みいただいた後、皆様の心にも春が訪れますように、と願っております。

さて、『捨てられ男爵令嬢は黒騎士様のお気に入り』は、野津川先生のコミカライズ1〜2巻も好評発売中です。そしてお待たせいたしました！　今春より連載再開予定となっております！

この場を借りて。ご指導くださった担当編集様（本当に本当にお世話になっております……！）、美麗なイラストを描いてくださった宵マチ先生（ピンナップ、素敵なキスシーンでどきどきしました！）、本作に関わってくださいました全ての方へ。本当にありがとうございます。

最後に、この本を手に取ってくださった皆様との出会いに、感謝を込めて。

水野沙彰

捨《す》てられ男爵《だんしゃく》令嬢《れいじょう》は黒騎士様《くろきしさま》のお気《き》に入《い》り5

2023年3月5日　初版発行

著者　水野沙彰

イラスト　宵 マチ

発行者　野内雅宏

発行所　株式会社一迅社
〒160-0022 東京都新宿区新宿3-1-13 京王新宿追分ビル5F
電話　03-5312-7432（編集）
電話　03-5312-6150（販売）
発売元：株式会社講談社（講談社・一迅社）

印刷所・製本　大日本印刷株式会社
ＤＴＰ　株式会社三協美術

装幀　世古口敦志・前川絵莉子（coil）

ISBN978-4-7580-9534-1

Printed in JAPAN

おたよりの宛て先
〒160-0022 東京都新宿区新宿3-1-13 京王新宿追分ビル5F
株式会社一迅社　ノベル編集部
水野沙彰《みずのさあや》 先生・宵《よい》 マチ 先生